Seba・蝴蝶

Seba・蝴蝶

Seba・蝴蝶

Seba・蝴蝶

蝴蝶館 20

# 瀲灩遊 I

蝴蝶 ◎ 著

elegantbooks

# 寫在前面

偶爾，我會面臨一種被附身或被雷打到的狀態。一旦如此，不管我在寫什麼，都會被迫停下來，非讓闖進來的故事先插隊不可。《姚夜書》系列如此，《魔獸故事集》如此，《歛灩遊》也是如此。

《歛灩遊》下筆之際，剛好我在寫《殁世錄三》。因為被這故事啃噬得太痛苦，甚至輾轉難眠，不得不停掉寫了一半的《殁世錄三》，讓《歛灩遊》插隊了。

這是一部所謂「修真武俠」的類別，事實上應該歸類為仙俠小說，最初的源頭可以追溯到唐人筆記的〈聶隱娘〉。

有本遠流出版的書《武俠小說話古今》（作者梁守中）裡頭就提到過：「中國的武俠小說，一直存在著寫實與幻想兩種傾向，形成武俠與劍俠（蝴註：現今或稱為仙俠）兩大類。武俠以技擊搏鬥為主，屬寫實型；劍俠以飛劍法術為主，數荒誕浪漫型。這兩種傾向，從唐人傳奇開始，一直是並行發展的。」

單取仙俠小說的類別而言，明朝出現的《封神演義》可以說是最早完備雛型的仙俠小說，充滿了神魔相鬥、飛劍、道術、仙陣、妖法。而被列為四大奇書之一的《西遊記》，更是將這種玄幻元素發揮到極致。

直到民國以來，還珠樓主所著《蜀山劍俠傳》系列，更是仙俠小說最精采的一筆。可惜至此之後，這個擁有龐大而完整傳承的類別，卻被武俠小說的風采所掩蓋，一直沉寂到〈飄邈之旅〉（作者蕭潛）的問世。

繼承《封神演義》精神的〈飄邈之旅〉風行，讓這類仙俠小說從被遺忘的角落中走出來，寫作者眾，作品也非常的多。

這是個很有趣的現象。我也不諱言，我寫的《妖異奇談抄》（「幻影都城」系列）其實也有仙俠小說的味道。但很輕微，畢竟在寫《妖異奇談抄》時，重點是擺在人（君心）與異族（殷曼）的互動。

直到瀲灩和鄭劾闖進我的心底，我才開始寫這部仙俠味道更濃厚的故事。

這其實不在我的工作表之內，我本來想趕緊了結它，速寫個斷頭就好，卻克制不住。當我看到後面的發展恐怕在五本以上……相信我，我的臉孔都發青了。

因為我真的不想再寫這麼龐大架構的故事，好不容易從《禁咒師》＋《妖異奇談抄》中解脫了，眼見又挖了差不多大的坑，我真的整個暈掉。

但出版社既然寬容，讓我延展其他工作表上的小說，來寫完這套，我也只能硬著頭皮往下寫。

但這系列對剛加入的新讀者是很不友善的。尤其是一開始的世界，並非舒祈系統世界（《禁咒師》＋《妖異奇談抄》世界設定），要到後面才接軌，我想有些讀者會看得糊里糊塗。

如果想要看懂這部作品，我會建議先看過《禁咒師》、《妖異奇談抄》，並且看完《殁世錄二》，這樣才不會覺得不知道人物出處。

關於十三夜和聖：請看《殁世錄二》。

關於明琦和狐玉郎：請看《禁咒師六》。

關於上邪和翡翠：請看《上邪》上下部。

希望這樣的提示，可以讓讀者的痛苦度少一點。也希望各位喜歡。

# 楔子

向來安靜少有人煙的鴛門，此刻卻人聲鼎沸，滿天劍光。

只見鴛門門人肅立在山門內，清一色都是女子，或青衣或白衣，樣式簡單俐落，裙裾飄然，神態安逸沉穩，雖然數大派圍困山門也無懼色，只是嚴守劍陣。

這個山門古樸簡陋，在修道門派卻大名鼎鼎，是件稀有的防禦法器。鴛門是修道門派中少有的純女子所組成，掌門師傅更是一個奇女子。她修道不過數千年光陰，卻是當今最有希望渡劫蛻變的八大高手之一。

這個原為神女的掌門師傅從不迴避自己過往，依舊照她人世的豔名「潋灩」，並不另取道名，是修道界一個極為難纏的異數。雖然她韜光隱晦，創了鴛門就深居簡出的隱修，和其他創了門派將弟子一丟，就外出遊歷修道的開創掌門不同。但因為她一直待在鴛門指點弟子，所以鴛門門人反而發展得比其他門派要好。

不說鸑門深入世俗，許多記名弟子或為皇妃，或為商賈，勢力龐大；掌門瀲灩步上修道途還是當今第一道派氣宗掌門指點的。

雖然掌門莫言從不承認瀲灩是氣宗弟子，但與她兄妹相稱。光這個龐大的靠山，就沒什麼人有膽找鸑門的麻煩。

今天五大門派上門找碴，是很稀罕的事情。

只見白光一閃，五大門派心底暗驚。若不是仗著人多勢眾、鸑門瀲灩懶於俗事，實在不敢來要人。但那小畜生仗著一張利嘴，引得五大門派互鬥，被他耍得團團轉，實在忍不下這口氣。

若是瀲灩親自出來，問題可就大了。

眾人的目光都集中在一個年輕人的身上，他只皺緊劍眉，似乎毫不在乎。

這個年輕人是八大高手之一鄭劾，憲章宮監院。憲章宮傳到他手上厲行誡律，將憲章宮整理得井井有條，蓬勃發展，直到百年前才將掌門之位讓給師弟，成了監院。這次五大門派相爭，憲章宮受創最深，將他惹毛了，這個原本潛修等待蛻變的高人才破例出關。也是有他隨行，五大門派才敢惹上鸑門。

白光褪去，現出一張和藹可親的嬌容，眾人才暗暗的鬆口氣。

只見那位姑娘窈窕嬌柔，帶著天真的媚態，她笑吟吟的下拜，眾人中不少人回禮。

鴛門中人，不乏美女，卻都學她們掌門的模樣，冷冰冰不苟言笑，唯有鴛門司院鍾雅楠不同。她原是世家千金，卻離家任俠，和瀲灩一見如故，結為至交。後來瀲灩修道，她也跟著修行，彼此姊妹相稱。

雖然修道只是中上水準，但她好交遊，朋友滿天下，鴛門所有對外活動都由她主持，許多門派的修道者都與她交好，時有往來。

「雅楠，妳們家都是女人，幹麼包庇那小子？莫非妳們想開了，要招個立門女婿不成？」有人叫道，「我家極鷹派數百個好孩子，妳們都不要，偏要那一個闖禍精！一個妳們怎麼分哪？」

眾人哄笑起來，劍拔弩張的氣氛沖淡不少。

「鷹爺爺，我要告訴奶奶去，你欺負我！」雅楠嬌嗔，「奶奶知道您來她師門麼？看她不括你好大耳光！」

極鷹派的掌門縮了縮頭，嘿嘿的乾笑。死老太婆沒事來當什麼記名弟子……還拜個可以當玄孫女的女人為師。若讓老太婆知道，非大鬧特鬧不可。

眼見氣氛鬆動多了，雅楠輕輕一笑，「各大掌門、監院、司院，各位師兄師姊。來到鷙門原本是客，是我們招待不周。我也知道各位所為何來，就不客套了。」

她回眼看到一個少年蹲在山門內氣喘吁吁，一身是血，看起來吃了不少苦頭。

「但鷙門有鷙門的規矩。」她神情一肅，「觸了拜師階，這孩子就是我們鷙門的人了。這孩子犯了什麼事情，自有掌門管教，還請各位原諒。」

不說那少年驚訝，就是五大門派也震動了。鷙門向來只有女人，破天荒居然收了一個男弟子！

「鷙門就是要包庇那畜生麼？」一個陰冽冽的聲音傳出來。

「天佬，別滿口畜生，這可是我們鷙門的新弟子。」雅楠笑吟吟的，「我倒覺得跑去欺負凡人小姑娘的傢伙，才是畜生呢。打不過我們新師弟，編了套謊話去欺騙自己師傅，把事情鬧大……我們新師弟也不過是以其人之道，還治其人之身。」

「……妳血口噴人！」天佬大怒。

她不答言，將玉簡的內容傳了出來，以天空為幕，栩栩如生的將當初的衝突演將出來。

「鶩門別的沒有，」她語氣淡然，「就這探真最強。以為無人知曉麼？天知地知，連旅店門口的大樹都看得一清二楚。天佬，不是我要說你，你們天門也該管管了。強個凡人小姑娘是修道人該有的作為麼？你細想去。」

五大派這下子面子都丟了個精光，垂頭喪氣。鶩門擅長與生靈溝通，這手「探真」是獨門絕學，真憑實據，無法更改。他們相信天門的威名，卻鬧個灰頭土臉。

雅楠轉而燦笑，「大夥兒都是朋友，何必苦苦相逼？不過是誤會，就高抬貴手，饒了我們新師弟。所有損失，都由鶩門承擔，所有傷員，鶩門將派人前往救治。咱們這群女人窩在這兒，沒事就煉點藥丹玩玩。要什麼，各位開口，鶩門決不搖頭，如何？我這新師弟闖的禍，說不得我這大師姐要賠個不是。」

她深深下拜，所有門人跟著長跪。人家姿態放這麼低，再要強就顯得沒理，何況是我方理虧。

鄭劾哼了一聲，甩袖消逝了蹤跡。五大門派也只能灰溜溜的退兵。

那少年睜大眼睛，真沒想到威名顯赫的鴦門居然是這樣的聰明了得。幾句話、打個揖，就消弭了戰禍。

「這會兒，可是虧得大了。幾百年的老本就這麼沒了。」雅楠嘆了口氣，「新師弟，你叫顏不屈，對吧？」

雅楠搖了搖頭，「這名字不好。大丈夫能屈能伸，你偏偏臉上不肯屈，太沒眼色了。若不是瀲灩交代，誰想救你這麻煩精。」

白光一閃，她拎著顏不屈的後頸，消失無蹤。

# 第一話

顏不屈頭昏腦脹的摔倒在地板上，覺得眼前的金星快串成銀河了。

雅楠無奈的嘆口氣，「瀲灩，我把人帶來了。」

一聲懶洋洋的「嗯」，卻讓顏不屈的骨頭都快酥光光。嬌媚蝕骨，他修為還淺，幾乎把持不住。

顫顫的抬頭，只見貴妃榻上斜躺著個病弱女子。論容貌，實在只算清秀，但那骨子魅惑妖柔，增添她十分豔光，像是不起眼的花朵卻有著奪人的香氣，讓人離不開捨不下。

「你就是氣宗的顏不屈吧？」她和藹的問。

她語氣一轉，那種妖媚就消散了，他惶恐的低頭，「……弟子已經讓師尊逐出門牆。」

瀲灩點點頭，「勞累妳啦，雅楠。」

「勞累個屁。」雅楠沒好氣，「幾百年的老本都光了，妳說怎麼辦？」

「開爐再煉就是了，修道人哪那麼多捨不下。」瀲灩不以為意。

「坐著說話不腰疼！」雅楠豎起秀眉，「誰來開這個爐？」

「這種重勞動，當然是讓男人來幹囉！」瀲灩笑笑，「我打賭他很耐操。」

雅楠瞪了她一眼，「我看他被抓去禁制也沒這麼倒楣。人給了妳，管妳怎麼用。我還大堆事情要煩呢！」白光一閃，她又消失了。

瀲灩笑了幾聲，靜了會兒。「為了個不認識的凡人，弄到逐出師門……你可後悔？」她淡淡的問。

「那不是一個凡人而已。」顏不屈低頭，「那是一家子，一整個城的生靈！我們修道難道是為了欺負無還手能力的凡人？他們安安靜靜的過日子，又沒惹了誰！我怎麼可能……」

「你可以稟告師門，讓師門去交涉。自己動手總是不對的。」瀲灩淡淡的。

「瀲灩師傅！」他激動的抬頭，「等稟告師門就來不及了！打輸了我，他就要祭法寶……那是一整城沒有防備的凡人啊！我沒辦法看他像是踩死一窩螞蟻那樣對待人……就算是螞蟻窩，沒事也不會去弄死吧？我不後悔！再來一次我也會把他揍個半死……就算、就算會被趕出師門……」

這個大男孩哭了起來。他是師尊度劫前收的最後一個弟子，師尊和他感情特別深。現在被趕出師門，心底特別難受。修道之後，他的故交親人都在歲月中流逝，師尊成了他唯一的親人。

如父般的師尊卻將他趕出師門。

瀲灩動容，她慢慢的坐起，望著這個不斷哭泣的孩子。她收徒標準匪夷所思，專收苦大仇深的無依女子，不問資質。這些門徒往往報仇雪恨之後就死心塌地的維護師門，就算不回來的，瀲灩也隨她們自便，只是嚴格禁止他們用修道手段干擾人世。

就是這淡淡的一點不忍心，結果聚集了這麼龐大的門派，實在始料非及。

現在這孩子也觸動了她的心腸。

「鴛門其實不適合你。」她慢慢的說，「別急，我不是推託。鴛門修煉是我自已悟出來的，男子絕對修不成。」

顏不屈止住淚，好奇的抬頭。鬌門的修煉一直很神祕，連他見多識廣的師尊都三緘其口。他修為尚淺就可以打得許多高手大敗，甚至挑動五大門派內鬥，不但是因為他機警聰明，還因為他對法術修煉特有天份，有很強的好奇心和求知欲。

「你瞧我這麼一個病鬼，若不是悟出這個門道，誰來指點都無用。」她淡淡的回答，「女子身體就自成丹爐，無須外求。我們是靠月事自煉，你哪來的月事？」

顏不屈呆了呆，臉孔立刻紅了起來。難怪師尊不言語，這倒是……奇特而隱諱的法門。

「你師傅也是不得已……罷了。我代大哥傳你氣宗功法。當年我得他真傳，幸好也沒忘記。」她笑了笑，「大哥大約推算到這點，要我立誓，不可傳氣宗以外的人，也不可傳氣宗以內的人。不屈，你剛好符合，大哥也怪不得我。」

顏不屈楞了一下，突然熱淚盈眶。師尊親自將他逐出門牆，要他去鬌門領罪。原來……原來師尊不是拋棄他。

瀲灩給了他幾個道簡，教他用神識體會。「每十日，你來我這裡學道。我們鬌門沒有形式上的誡律，你照著自己良心行事便了。我不能收你為徒，將你分在雅楠門下。雅楠的境界雖然不比你高太多，但我不是要你跟她學道。你夠聰明，但欠圓滑。你要跟雅楠學會如何處世，明白嗎？」

顏不屈一下子糊塗了。修道者還需要什麼處世？排除誡律更是匪夷所思。但這很合他的心性，他原本就不愛拘束，是對師尊極為孺慕才勉強自己的。

他謹慎的叩首，卻被瀲灩虛托，跪不下去。

「我很不愛人跪。」瀲灩懶懶的，「大哥怎麼教出一堆磕頭蟲啊？作個揖就是了，去吧！」她揮手，將顏不屈傳到雅楠那兒。

「禮不可廢，什麼磕頭蟲？」她身後傳出悶悶的聲音。

「我福份太低，生受太多磕頭，會折壽的。」她嬌媚的笑，「大哥，我會善待你得意門生的！」

「往死裡整！」一個面容嚴峻的青年不太高興的現形，「挑起這樣大的禍事！」

瀲灩不贊同的搖搖頭，「大哥，我這師弟可是夠有膽識的。青出於藍勝於藍哪。想當初你維護我的時候，離這規模也……」
「陳年往事，說來做什麼？」他聲音低了下來，有些感傷的。
瀲灩也靜了下來。半晌才開口，「大哥，你都是度劫等待蛻變的人了。這些俗事都該放下了。」
「你們肯乖乖的，我就放得下。」他沒好氣，「妳度劫就在眼前了，到底有沒有準備？」
「沒有。」她倒是回答的乾脆。
莫言為之氣結，「……妳這丫頭，修煉幾千年，都成了一代宗師了，這性子倒是一點都沒變！這麼大的鬪門，宗師度不過劫，傳出去能聽麼？讓妳結交幾個朋友，倒是交出一堆仇人！若不是你家雅楠能言善道……」
瀲灩將臉一偏，偷偷打了個呵欠。
「妳到底有沒有在聽啊！」莫言吼了起來。
「你開始念經，我就只聽到嗡嗡嗡。」瀲灩很坦白。
莫言又氣又好笑。「妳到底想不想蛻變成神靈？」

「不想。」幾千年來，她的回答都一樣。

「……就算為了和大哥再相見，也不想？」他的聲音低了下來。

瀲灩不言語，只是望著旁邊。「……大哥都說了，我敢不聽嗎？」

換莫言沉默了下來。

當初救瀲灩的時候，他年紀還輕，心腸還是熱的。就因為驚豔了花樣的瀲灩，不忍她就此病死，強行耗費百年功力為她築基，不管別人怎麼看。

為此他挨了無數責難和誤解，卻沒有後悔過。

他成了一個護花人，保衛愛護一朵幾乎死去的奇花，那樣小心的呵護。直到她自己悟出適合的修煉法門，他才不太安心的放手，卻時時回顧。

合籍雙修是不可能的，他是氣宗的掌門，身分和門派成見不允許他如此。事實上，他也不願意這樣拘束這朵自由的花兒。可以時時看顧就已經很滿足了。

這株花兒也知道他的苦心，體貼的離他遠些，怕妨了他的修煉，度劫的時候，她傾力相助，奮不顧身，險些把自己的命搭進去，種下一個病根。

即將飛昇蛻變，他不放心，非常非常不放心。

「我幫妳找了些藥草。」他淡淡的，「能的話自己開爐煉丹，別那麼懶。」

「好的。」瀲灩溫順的回答。

「病好些沒有？」

「大哥，你知道我修煉法門的。」她輕笑，「我每月行功，可以慢慢代謝掉，不用擔心。」

嘆了口氣，他輕輕撫著瀲灩的長髮。這點眷戀妨了他的修行，起碼拖累了上千年。但他卻覺得沒有什麼。

真正有什麼的，是他養護這麼久，卻得離開這朵奇花。

「若有喜歡的人……合籍雙修也行。」他殷殷囑咐，「別不當一回事……我還等著再見面的。」

「我知道了，大哥。」她輕輕的抱了抱莫言的胳臂。

白光一閃，莫言走了。瀲灩輕輕嘆息一聲，慢慢的歪在貴妃榻上，心頭鬧得很。

瀲灩在修道之前，曾經是名動公卿的花魁，但在她患病殆死的時候，已經面臨車馬稀的窘境很久了。

她是青樓女子，繁華到滄桑體會很深，人世間千百滋味都已嘗盡。羅患了絕症，她也靜靜等死，並沒有想要延命。雖然知道修道可袪病延年，但修道的法門都掌握在貴族豪門手中，她一個卑賤的娼妓，連做夢都不會夢到，更遑論修煉。

在某個清晨，她略覺得精神好些，心知是迴光返照，她也不覺得如何，只想到可以從病痛中解脫，倒也心平氣和，遂開窗望著暮春庭園。

楊柳初萌，微風徐徐，她微微的笑了起來，那是一種了悟的美麗。

她的笑吸引了莫言的注意，他恰好御劍經過，半空中望著她，湧起一種讚嘆的感悟。

絕美生命臨終前最後的芬芳和嬌豔，怒放著。

就是那一回頭，他們的命運就這麼改變了。

她從此欠下一個恩情，雖然莫言從來不要她還。即使修道蛻變從來不是她要的，但她是個有骨氣的女人，在莫言抵抗天劫面臨蛻變的時候，只有她全力以赴，幾乎把自己的命也賠進去。

一百個度劫的人，也沒有十個可以蛻變。她明白這種兇險，所以才這樣奮不顧身。雖然不覺得成為神靈比較好，無止境的活下去對她也沒有吸引力，但既然欠了這樣深恩，莫言要她做什麼，她都不會拒絕的。

她更不會讓這個護花人就這麼魂消魄散，除了恩情，她對莫言也有種類似親人的感情。

當然，她也不會讓莫言知道她元氣大傷，境界倒退。她的個性本來就嬌懶、無所謂。若不是莫言指名還要見她，她才懶得去管能夠活多久。

反正慢慢修就是了。她無聲的嘆息。真是麻煩的很。

但她這樣怕麻煩的人，在黑魔王強行開啟通道時，卻還是應詔前往。幾大門派看到她都深感訝異。

她若不來，大約會驚動莫言。她有些發悶。莫言不日就要飛升了，若在爭鬥中有絲毫損傷，她可受不了。

八大高手來了五個，鄭劾看到她，眼神一冷，將臉別開，她也無所謂。其他三個卻偷偷看她，滿眼都是震驚和垂涎。

真不知道他們是怎麼修到這種地步的。瀲灩更悶了。

這算是很尋常的戰鬥。黑魔族一直很想來人界開疆闢土，偏偏他們這些修道者礙事。黑魔族不管在多偏僻的星系開通道，都有修道者發覺和阻止。魔道相爭已久，這也不算什麼大事。

修道者很快的依門派組織起來，祭起封魔大陣。

很快的，實力堅強的修道者將通道封閉，強行將黑魔界的軍馬壓制回去。有五大高手壓陣，可以說是輕鬆自在，但瀲灩的神情不太好看，她使力過度，有些牽動內傷。

現在她只想趕緊回去潛修，留下雅楠和眾道友交陪，身形一動，她就在星系間挪移，對誰也不睬。

原本大家都看慣了瀲灩的孤傲，誰也不當回事。鄭劾原本也不想理，卻瞥見天佬偷偷摸摸的跟上去。

自從知道天門弟子挑起紛爭，鄭劾對這個包庇子弟胡作非為的天門掌門感覺很差。雖然也討厭瀲灩那不守誡律的娘們，但遇到大事，這娘們也是率領眾弟子前來，戮力而為。

天佬心胸狹窄，可別弄出什麼事情來，傷了道門間的和氣。

他有些不悅的跟了上去，等追上了，他倒抽一口冷氣，臉色都變了。難怪天門的人來得這麼少，原來他們都聚集在這兒布陣，閃閃爍爍，一片飛劍光芒，起碼是好幾百人。

他心底覺得不好，這是星雲天火陣，專門對付大魔用的。這麼大張旗鼓的對付一個修道者，怎樣也說不過去。更糟糕的是，瀲灩已經陷入陣內，眼見要煉化了。

「天佬！你在做什麼？」他運足了法力，長嘯一聲。

「這種妖女，留在世間必有大患！」天佬也回了他一聲長嘯。

「就算是妖女，她也是我們同道中人！」鄭劾非常難以忍受這種不公不義，「快放她出來！」

天佬不服氣的沉默下來。他原本想悄悄的煉化了瀲灩，大家都知道這妖女個性怪誕，度劫在即，鬧個失蹤也不算什麼。這妖女和他處處作對，顏不屈的事情更大大的削了他的面子，還不陰不陽的翻了幾個天門欺負凡人的舊案，名聲大壞。

不煉化了這妖精，天佬這口氣嚥不下來。

但沒想到鄭劾沒事找碴，居然被他撞見。憲章宮勢力不同凡響，惹上了可是倒大楣。

讓他放人，他不甘願。但不放人，又讓鄭劾撞見。

眉頭一皺，他有了計較。「鄭老兄何必焦急？我也只是想讓這小妖女吃點苦頭而已。」天佬聲音放緩，「就當真煉化了她？氣宗我還惹不起呢！」他吩咐撤陣。

鄭劾鬆了口氣，見瀲灩軟癱，不假思索就飛過去。

瀲灩抬頭，氣如遊絲的喊，「別過來！小心！」

等他驚覺的時候，天佬偷襲已然成功，鄭劾雖然沒有受到很大的傷害，卻被撞入陣裡。

星雲天火陣又開始運轉，將他倆困住了。

星雲天火陣專門對付大魔，用天火霸道的動力運轉，這還不是最可怕的，更恐怖的是，可以運轉陣內的時間，讓大魔的歲月不斷倒退，功力也隨之漸漸消散。

剛剛的大陣還只是困住，現在全速運轉起來了。

鄭劾只覺得功體不斷消散，身形也一點一滴的縮小，為了抵抗無堅不摧的天火，他運功抵抗，法力更如流水般嘩啦而去。

瀲灩一把抓住他，前襟都是鮮血。「……陣眼還可以擋一下，別運功了，法力流失的更快。」

陣眼雖然像是個颱風眼，暫時平靜，但天火的範圍越來越小，一旦和陣眼會合，他們就死定了。但一時又沒有其他辦法，鄭劾只能拖著瀲灩挪移到陣眼。

等他們挪移到陣眼，身形已經打回十八、九歲的模樣，法力剩不到一半了。

「你衝進來做什麼？」瀲灩沒好氣的說，一面咳著。

「小姐，妳哪隻眼睛看到我是衝進來的？」鄭劾簡直要氣歪了，「你沒看到天佬那混帳朝我背脊打了一環？我是被踢下來的！」

瀲灩笑出來，卻大咳幾聲，指縫點點滴滴都是鮮血。鄭劾大驚，內觀她的狀況，不禁臉色大變。瀲灩的舊傷被大陣勾了出來，已經快要散功解體了。

原本想他們兩人聯手，說不定可以破這個陣眼，看起來是沒指望了。

他正面如死灰，不曾想這種性命交關的時候，瀲灩居然拿出一面小鏡子，差底把他氣暈。

「什麼時候了，妳還照鏡子！」女人真是莫名其妙！

瀲灩沒好氣的睇他一眼，「這是我大哥給我的護身法寶。我在想要不要用。」

「……幹嘛不用？」他瞠目。

「大哥說，這是他發現的靈器，只能用一次。如果不到生死關頭，不用是比較好的……」

「現在不是生死關頭，什麼才是啊?!」鄭劾尖叫起來。他幾千年的修為都被化去，顯露出少年時的暴躁。「天火都燒到眼前啦！」

瀲灩悶悶的看他一眼，有氣無力的沾了自己的血，在小鏡子上面畫符，對著噴出最後的法力。

……

什麼事情都沒發生。

「妳大哥就不能給妳比較有用的法寶嗎？」鄭劾臉孔都黑了，一轉頭，發現瀲灩昏迷過去，他趕緊攬住她，「喂！妳不會是要掛了吧？喂！妳是八大高手之一欸！就這樣掛掉不會很沒面子嗎？」

正亂的時候，他身後傳了一聲怯怯的嬌聲，「請問……有人找我嗎？」一回首，將他嚇得跳起來。鏡子浮出青霧，氤氳繚繞中，隱約凝結成一個莊嚴猙獰的人身紅龍。

說人身，實在只是形似。那張如龍如鬼的臉孔，實在很難說是人面。但他也記起來了，這是古籍提及的「弋游」，可以穿梭無數界，是種神人般的生物。

雖然不知道莫言是怎麼搞到這個靈器的，不過，應該有救了。

「弋游大人！」他衝著人身紅龍大叫，「快帶我們離開這兒！」

「欸？」這隻弋游不知所措，「我不叫這名字欸，我叫十三夜。」

誰管妳叫阿貓阿狗？鄭劾在心底絕望的大叫。天火已經燒離他們五尺之內了！

「十三夜大人，快帶我們離開！」他真的有想哭的感覺。

「要去哪裡？」她怯怯的問。

「隨便哪都好！」他的聲音更大了。

「沒有隨便這個地方。」她困惑了，「而且，你說了也不算，只有喚我出來的才可以指名地點……」

鄭劾差點昏過去，他開始死命的搖瀲灩，「快醒醒！給個地名啊！要死也不要被燒死，那是很痛的！」

瀲灩昏昏的抬頭，「……列姑射島……我想回列姑射……」

十三夜歪著頭，「列姑射？我知道！這個簡單……」

「不！不要去列姑射！」鄭劾臉孔慘白，「列姑射早就沒了……整個星球爆炸得連渣都不剩，還列姑射勒!?不、喂，妳帶我們去哪~」

在天火席捲之前，十三夜從容的將他們帶走，泅泳過廣大的虛無之洋。

真奇怪，那麼遙遠的異界，居然有人知道列姑射島。

十三夜完成詔命之後，又游回虛無之洋，心底還有些疑惑。她第一回接到詔命，簡直嚇傻了。幾乎是被強迫性的拉到那個星門之內，而且無法顯出真正的形體。

她本能的知道這些詔命的內容和限制，若不符合條件，她也沒辦法在那個緲遠異界做任何事的。他們急，她明白，但她更糊裡糊塗，更急。

幸好召喚者還給了個地名，而且是她知道的地名。

但異界人去她的故鄉做什麼呢？她納悶的泅泳入深海之中。

＊＊＊

瀲灩昏昏的張開眼睛時，看到晃眼的陽光。她無奈的嘆息，這樣也沒死，老天爺不知道是眷顧她還是玩兒她。

乏力的抬頭，看到身邊坐了個十五六歲的少年，一時之間還想不起來。

哦。她恍然。鄭劾嘛！他被星雲天火陣化去大部分的修為，倒退到十五六歲左右。她低頭看自己的手，有些啼笑皆非。幼小白嫩，大約不會比鄭劾強到哪去。

「……妳幹嘛要去什麼列姑射？」鄭劾火冒三丈，「這下好了，這是什麼鳥地方?!」

瀲灩翻過身躺著，看著藍空白雲飄過，幾隻鳥兒高鳴。依稀是夢裡家鄉的模樣。「我以為我快死了，所謂落葉歸根……」

「歸妳媽啦！」鄭劾火氣更旺，「列姑射早就沒了……歐姆整個星球炸得連渣都沒有……除了外出修道的人，死得乾乾淨淨的！妳不要跟我說妳不知道啊！」

「嘖……」瀲灩不太愉快的掩著耳朵，「難怪你要守一千八百戒。不守戒的你像個炸藥。」

鄭劾蹦了起來，張牙舞爪的，「我先宰了妳這妖女再說～」

「非禮呀！」瀲灩喊了起來，更把鄭劾氣得亂跳。

其實鄭劾和瀲灩心底也是一片無奈。他們兩個都是一代宗師，修道無數歲月，早把性格中的缺陷掩蓋住了。失去了幾千年的修為，落得跟平凡人沒兩樣，少年心性加上原本被掩住的缺陷，一下子就暴露出來了。

明明知道很幼稚，但就是忍不住會鬥氣發惱。

等瀲灩站得起來的時候，他們一面穿越樹林，嘴巴一直沒閒著，零零星星的瞎鬥，似乎這樣可以讓不安褪去一點。雖然彼此不欣賞，但畢竟他們都是歐姆出身的鄉親，故鄉還同是列姑射島，在這看似故鄉卻異鄉的地方，也只有彼此能倚靠。

瀲灩的傷比較重，歲月又倒退的嚴重點，只有十二、三歲的模樣，走沒多遠就面色發青。鬥嘴歸鬥嘴，鄭劾還是沒好氣的蹲下身，將她揹起來。

「喊非禮我就把妳摜成肉餅！」他恐嚇著。

「放心吧，我喊破喉嚨也沒人來。」她病奄奄的趴在鄭劾背上，「我正好省點力氣。」

鄭劾氣得發怔，悶不吭聲的趕路。靜了一會兒，他還是忍不住，「妳瞧這是什麼地方？」

「弋游不會送錯地方，這裡一定是列姑射島。」瀲灩靜靜的說。

「看起來是有點像啦，但是……」他心底一痛，「妳知道我知道，列姑射早就……」

「形似而神非。」瀲灩咬著唇，「一點靈氣也沒有。空氣和大地都有著古怪的毒素……」

「看起來像是有人用大法炸了一番。」鄭劾同意，「但痕跡有新有舊，超古怪的。」

他們走了許久，卻不知道方向錯誤，反而走進樹林深處。

「有村子！」形式雖然怪異，但鄭劾精神為之一振，「還有人！喂～老鄉，這是什麼地方……」

「……你確定那是人嗎？」瀲灩張大眼睛。

幾個搖搖晃晃的「人」，腐爛得幾乎可以看到骨頭，發著興奮的咆哮，衝了過來。

功力雖然都散光了，但拳腳功夫還在。鄭劾身形一晃，穩穩的跳到大樹上，瞠目看著越聚越多的「人」，猙獰咆哮，卻爬不上來，就在下面抓樹皮。

「……這裡的人不太友善哪！」鄭劾喃喃著。

瀲灩沒力的看他一眼，「這是活屍。老天，你除了守戒，到底有沒有在看書啊？」

「修道看那麼多書幹什麼？」鄭劾將臉轉開，「太多的知識只會阻礙清明。」

瀲灩疲勞的嘆息一聲。

這下可難辦了。瀲灩張望著，雖然數量不過十來個，但這些活屍眾志成城，非常整齊劃一的抓樹皮，抓沒多久，他們所在的大樹就搖搖欲墜，開始晃起來了。

鄭劾看情形不對，抓著瀲灩跳到另一棵大樹上，這些活屍齊齊轉頭，又開始圍攻了。

瀲灩盤腿坐在枝幹上，開始思索。活屍，又稱殭屍。是感地氣妖化的人類屍體。通常甦醒過來的活屍只會變成食屍鬼，像是某種退化成猛獸的地行弱妖，專吃腐肉，非常畏光，妨礙不大。

只有極少數怨念極深會變成行屍，力氣奇大，但動作遲緩，怕光，略有武藝的凡人都可以解決，這也沒什麼。

若有保住靈智，還修煉成妖的殭屍，那就不得了了。但數量稀少極了，她修道數千年，也才見過兩個。這兩個還保不住自由，每次有妖屍出世，修道者都會聞風而來，來不及吃人就被修道者追得滿地亂竄。這種妖屍極為難得，是修道者煉器的首選。

她望著底下的這群殭屍，卻說不準他們的水準。大約是行屍接近妖屍。但數量這麼多，令人稱奇。這片大地靈氣稀薄到接近沒有，怎麼能夠孕育出這麼多殭屍？而且這些殭屍身有古怪的毒素，即使她功力全失，但眼力還在，這讓她有些不安。

若是功力還在，飛出飛劍就全絞殺了。她輕嘆一聲，苦苦回憶數千年前初修道時的入門典籍。想了一會兒，她剝下一塊樹皮，略微修整後，咬破指頭畫上符文。

這是種初級的退魔符，借天地靈氣驅動，雖然不是怎麼厲害，但應付這些殭屍是沒問題的。

問題是，怎麼借天地靈氣？這片大地連分毫靈氣都沒有，從何借起？她當真犯難了。

一回頭，發現鄭劾居然盤腿端坐，入定了。她啞然片刻，還在想他怎麼這麼安靜，在這種險境居然還能修煉，真是不知道該笑還是該哭。

不過他們所在這棵樹起碼四人合抱，殭屍要弄倒也得花點時間。她悶悶的做了幾個樹皮符，一面等鄭劾。

過了好一會兒，鄭劾輕輕吐出一口氣，雖然傷心，還是有些安慰。星雲天火陣只是倒退了時間，化去功力，他沒受到天火的傷害，只是得重新開始罷了。他原本根基絕佳，於道修見識極深。雖然這鬼地方一點靈氣也沒有，修煉起來特別艱辛，但他也知道這樣的修煉根基會特別扎實，倒也不很擔心。

最少他現在可以使出少許的法力，開啟封陣了。

封陣是種儲物法陣，他的家當都在這裡。但開啟之後，他簡直氣呆了。現在的他只比凡人好那麼一丁點，但他誰？他可是一代宗師、憲章宮監院，身邊哪會有凡人用的法寶飛劍？滿倉的東西，沒有半樣他能用，簡直是欲哭無淚。

瀲灩同情的拍拍他的肩膀，他頹喪到連甩開她都沒力氣。

大樹晃了一下，他才驚覺不妙。「……怎麼辦？」連把小刀都找不出來，他真的絕望了。

「這裡靈氣太稀薄，我借不到。」瀲灩晃了晃手底的符，「這裡乾得跟假的一樣。」

鄭劾的牛脾氣被勾出來，「怎麼可能沒有半點靈氣？沒有靈氣也有電光雷影，再不然也有水氣生機，更不然也有火烈啊！」

「火！」瀲灩被點醒了，她往身上一拍，不禁尷尬。修煉到她這個地步，怎麼可能帶著火種？生火是很初級的法術入門，她不知道幾千年沒帶過那種東西了。

鄭劾愣了一下，欣喜若狂的往封陣翻找。他記得有幾樣找來的材料是天生帶著火性的。等他翻出來，不禁欣喜若狂，那是他原本想幫弟子煉把飛劍的火雲石，只有指頭大小。

「哈哈～哎唷！」他拿在手上沒片刻，就趕緊將火雲石一甩，他忘了自己功力被化個精光，徒手去拿那個燙死人的石頭。

火雲石滾到地上，立刻找到倒在一旁的大樹，急不可耐的燃燒起來。

一時之間，靈氣大盛，鄭劾含著手指笑了起來，也顧不得手上的水泡了。瀲灩心頭一寬，掐著手訣，沒想到樹皮符居然動也不動。

「……妳在幹嘛？」鄭劾甩著手，「靈氣有了，妳發什麼呆？」

「我連驅動符文的絲微法力都沒有了。」她悶悶的遞給鄭劾，「你來吧！」

鄭劾遲疑了一下接過去，卻只是盯著樹皮符看。

「這是非常入門的退魔符，」瀲灩湧起一股不祥的預感，「每個人都會的。」

「誰、誰會學這種不入流的東西。」鄭劾的臉孔紅起來，「我六歲學的第一個攻擊法術的是雷訣。用啥符文？沒出息。」

瀲灩腦門一昏，「堂堂憲章宮監院不會使符?!」她聲音大起來了。

「我打娘胎就開始修道，出生就有法力，像我這樣的天才，氣海充沛，法力精深，哪需要學什麼符籙？」他也大聲了。

「現在你是有多少法力使雷訣我請問你？」

「……若不是救妳這小妖女我會落到這田地？」

「被你這什麼都不會的高尚監院救了，真是我這輩子最大的不幸！」

他們開始吵了起來，若不是大樹開始傾斜，還不知道要吵到什麼時候。

瀲灩壓下怒氣，「看著我的手訣！只有三印，很快的……大哥啊，你不要跟我說連手訣都不會打，你是怎麼學會雷訣的?!」

鄭劾也知道情形危急，手忙腳亂打出手訣，他也慌了，剛剛凝聚起來的法力盡數噴在樹皮符上，加上火雲石的靈火推波助瀾，他又不知道怎麼放符，結果在樹上就炸開來了。

「天啊！」幸好瀲灩早覺得不對，將鄭劾拖著跳下樹，只見樹皮符化成一道火光，宛如蛟龍般穿過樹下的殭屍，然後轟然一聲，連樹帶殭屍炸個粉碎，出現一塊焦黑的白地。

他們兩個抱著頭，被爆炸聲炸得耳朵嗡嗡直響。幸好鄭劾還有點法力防身，不然光飛起來的碎片就夠他們瞧了。

「妳給的是炸藥不是符籙吧？」鄭劾抱怨。

瀲灩瞪著他，卻連罵他的力氣都沒有。「……你是怎麼修到今天沒死的？」她真的很想哭。

# 第二話

火雲石的特質有些奇怪，只燃木頭。燃完了整棵大樹，就靜靜的躺一邊，只是顏色豔紅許多。鄭劾本來還要徒手去拿，被瀲灩喝住了，才悻悻的取了個琉璃瓶，用布裹著手，飛快的扔進去。

他們腳步有些蹣跚的走向樣式奇怪的村子，一路上都在鬥嘴，直到走入村子才戒備的閉上嘴。整個村子靜悄悄的，一股強烈的屍臭蔓延。

鄭劾握著樹皮符打頭陣，要瀲灩跟在後面。不管是怎樣不對盤，他還是監院脾氣，會護衛著身邊人，瀲灩也沒跟他爭，畢竟現在她的法力真的是一滴都沒有，要強只會讓大家都陷入險境而已。

這個不大的山村，只有被吃殘的屍骨，什麼人也沒有。

事實上，這個山村在兩個月前還是有人住的。這些山農世代都住在這兒，靠竹筍和山產度日，連大災變都沒牽連到他們，過著自給自足的生活，災變後到現在已經快六十年了。像這樣的小山村遺世獨居，遍布在這片山林裡還有不少。

他們有自己的自來水系統，也有電力。筋疲力盡的政府管不到他們，他們也不用人管。但一個遊蕩的殭屍卻毀了整個村子，若不是鄭劾和瀲灩誤打誤撞闖了進來，將殭屍炸了個乾淨，恐怕這些無處覓食的殭屍會毀了附近的所有山村。

他們好奇的走入某個比較完整的民宅，忙了半天，他們有些渴了。可以聞得到水味，卻對著水龍頭發愣。

「哦，」鄭劾收起樹皮符，「這個我知道，他們都是走理性機械派的嘛！」他大剌剌的對著水龍頭說，「水。」

當然，水龍頭不會理他的。

他有些惱羞成怒，喊了幾十種語言的「水」，瀲灩睇了他一眼，研究了一下，旋開水龍頭，清澈的水嘩啦而出。

「……這邊的科技水準趕不上歐姆。」瀲灩隨便找了個碗洗了洗，掬起水就喝了，「而且就算趕得上，你確定這裡的科技產品聽得懂我們說什麼？」

鄭劾的臉一陣青一陣白，「……理性派的法寶都腦殘！要不是他們那麼腦殘，怎麼會把歐姆搞炸了?!」

「真是這樣嗎？」瀲灩也揚高聲音，「凡人要搞機械科技就去搞，修道者跟人家爭什麼？不就是兩派相爭爭到把歐姆搞炸了？無聊！」

他們又吵了起來，這次真的動了肝火。歐姆是他們的家鄉，他們兩個剛好在外星閉關修煉，結果一出關，家鄉就這麼無聲無息的沒了。雖然修道者性情淡泊，但家鄉驟毀的衝擊還是非常大的，不少在外星的歐姆修道者因此走火入魔，致病者不知幾凡。

心裡懷著這種舊痛，修為消散更難以忍耐，在這個類似家鄉的地方變本加厲，這兩個見解完全不同的人當然大吵特吵，吵到兩個嗓子都啞了才忿忿喝水。

「……臭死人了。」靜了一會兒，鄭劾抱怨。

「抱怨誰不會？」瀲灩冷冷的說，站起來找可以挖土的工具，她找到一把鏟子，雖然從來沒用過，但她旁學甚多，稍一思索就明白了。

看她開始收埋屍骨，鄭劾控著臉，卻也主動挖坑搬運，兩個人埋頭工作，好一會兒都沒講話。

等收埋完畢，空氣中的屍臭味也淡了許多。兩個人又髒又累，渾身大汗。

「吵贏了歐姆也不會回復。」鄭劭打破沉寂。

「沒什麼好吵的。」瀲灩也恢復冷靜，「眼前的問題先解決再說。」

他們找到浴室，心頭稍微寬了些。雖然有些奇怪，既然知道水龍頭怎麼用，那個馬桶也就不怎麼奇怪了。歐姆之前也有類似的衛浴設備，還有發達的地下污水系統。

吵歸吵，鄭劭還是很大氣的讓瀲灩先洗。他比瀲灩還大一兩千歲，有著根深蒂固的女弱觀念。對女人他是比較瞧不起，但女人正因為是弱者，所以要跟兒童一樣寶貝愛護。就算對方是八大高手之一、鴦門開派宗師，甚至是個可惡的妖女，也不會例外。

他一洗完，立刻換掉身上過大的衣服。他的歲月倒退，衣服可沒跟著倒退，雖然這些露出膀子的上衣、怪模怪樣硬邦邦的褲子讓他皺緊眉，他還是勉為其難的換上。

結果瀲灩不知道去哪兒開啟了個法寶，那個法寶是方形的，裡頭有些人物在行走說話，看起來是顯像。

「……這是『探真』還是『傳影』？」他大喜過望，「妳怎麼藏著法寶沒告訴我?!」

「都不是。」瀲灩沒好氣，「這是這兒的法寶，剛我試了半天才開啟。你不會察看我修為？我是可以開什麼笨法寶？」

鄭劾頹喪下來，默不吭聲的坐在瀲灩身邊。看了一會兒，他不耐煩了。裡頭的人不是在吵架就是在哭，不然就是互相甩巴掌或接吻。不但穿的衣服難看又怪異，而且一個字也聽不懂。

但瀲灩卻很認真的看著。這個時候，他們都還不知道這是電視機。

「這有什麼好看的？」鄭劾抱怨。

「看起來是以前流行過的說話劇。」瀲灩想了想，「我還沒修道前，流行過一陣子。既不唱歌也不跳舞，就演一些說話本子。」

「那又怎麼樣？」他開始坐立難安。這些凡人的七情六欲在他眼中非常無聊。

如果演法術評比鬥法寶他就喜歡了，偏偏他們看的剛好是八點檔。

「你會說這裡的話？看得懂這裡的文字？」瀲灩橫眼看他，「這種戲劇萬變不離其宗，就是愛來愛去，正是學習語言和文字的好機會，你不趁現在……」

「夠了夠了，知道了！」鄭劾一聽到要學這種無聊就頭疼。

瀲灩嘆口氣，專注的聽，並將字幕一個字一個字對起來，全神貫注的。等沒字幕了，她伸伸懶腰，一回頭……

鄭劾這混帳東西又入定了！

「……你到底是怎麼修的道啊？」她整個頭都痛起來了。

＊＊＊

他們在這偏遠廢棄山村住了一個月才離開。這段時間，瀲灩終於知道這法寶叫做電視機，並從中學習到兩種頗有關連的語言系統。

但鄭劾的語言和文字就學得非常差勁，比起那些無聊的說話劇，他反而對供應這法寶的能源有興趣多了。等他發現這個沒辦法縮小的法寶居然是靠條細細的線從牆壁汲取電能，更引起他的好奇。

這個求知欲旺盛（？）的少年，拿叉子去戳插座。
結果可想而知，若不是他有稀薄的法力防身，大約當場就電死了。即使逃過一劫，他還是短暫的心跳停止，也差點沒氣。嚇壞的瀲灩趕緊施以推拿急救，這才搶救下他一條小命。
幸好當初跟隨大哥的時候，雜學頗多，不然堂堂憲章宮監院，居然死於電擊，傳出去鐵定會笑掉所有人的大牙。
「……好厲害。」他醒來第一句話就這個，還從嘴裡冒出一蓬淡淡的青煙。
瀲灩扁眼看他，「……你怎麼沒讓雷訣電死，還可以修道幾千年？」
「喔，我的確挨過幾記雷訣，」他心不在焉的回答，一骨碌的爬起來，他嘖嘖稱奇的觀察插座，「從何想來！靈力這麼稀薄的所在，居然有這股源源不絕的電能……啊呀，瞧瞧這構造……」他拆掉插座的外殼，開始細心研究，「這是理性機械派的煉器啊！妙，妙不可言！」
「別擋了我看電視。」瀲灩不耐煩的將他推開。
不耐煩學習語言，鄭劾卻興致勃勃的研究這個差點讓他沒命的電能，不但拆了牆壁，還循著找到外面的電線桿去。

源頭大約是個非常強力的巨大發能體，不知道是多強的法寶啊……鄭劾不禁驚嘆。就用這樣細細的銅線包著奇怪的皮傳到這兒來，那股強勁的電能一路瘋狂的浪費，傳到如此末端還可以開啟諸樣科技法寶，太不簡單了。

他站在電線桿上，試著驅動瀲灩做給他的樹皮符，借助外溢的電能，居然一口氣轟掉三棵大樹。

這時候，他才真正的安心下來。落到這種跟凡人無異的窘境，失去力量的防護，他一直非常惶恐。就像是身無寸縷的面對人群。這個該死的地方靈氣薄弱到這種地步，簡直無從借起，總不能要發個符都得先燒把火借火烈吧？

現在有了這股電能，稍稍彌補靈氣不足的問題，遇到爭鬥，也比較有把握全身而退。

但是他的符籙學得實在是……他又不想去求那妖女教他。

想了一會兒，他嘗試著借電能使雷訣。這是他幼年第一個學會的攻擊法術，記憶最深，也最有把握。

但他忘記了，那時的他是天才兒童，又有靈丹妙藥奠基，還有父母左右護法。現在他可是什麼都沒有。

手印打到一半，他那稀薄的法力就耗得差不多了，連護身的法力都磨得乾乾淨淨，聚集起來的電能毫不客氣的席捲，隱約纏繞，宛如銀蛇般奔騰而來……只覺得後腰一疼，他被踹出三尺之外，轟的一聲，未成形的雷訣在地上砸了個大洞。

被雷訣波及的瀲灩，灰頭土臉的看他，頭髮捲曲，空氣中充滿燒焦的味道。

「……你啊！……」瀲灩想罵，看到他一頭捲曲的爆炸頭，實在忍不住哈哈大笑。

驚魂甫定的鄭劾想了想，也覺得自己過份魯莽，苦笑起來。聽瀲灩笑得這麼歡，他也被感染的笑起來。

驟逢巨變到現在，他們這才第一回開懷暢笑。

「妳把我的腰踹淤血了。」他環著瀲灩的肩膀，吃力的站起來。

「總比天靈蓋通風好多了。」瀲灩頂了他一句，扶著他走回屋子。「我們一起研究符籙吧，」她語氣溫和多了，想明白鄭劾的舉止，瀲灩心平氣和下來，「我一點法力都沒有，還是得都靠你周全了。」

鄭劾是標準的吃軟不吃硬，瀲灩姿態一放低，他反而不知如何是好，「不不，是我該跟妳學，能者為師嘛！」

瀲灩微微一笑，並不答話。她當了數千年的師傅，怎樣頑劣的徒兒沒見過？要不是她深知因材施教的精髓，她那幫子門人徒弟才不會這麼死心塌地，鞠躬盡瘁。只是，這是權宜。她可一點都不想收這個監院徒弟。將來能脫困，最好大家老死不相往來，省麻煩。

不過她不知道，之後鄭劾嘴裡從不承認，也沒拜過師，天天跟她吵鬧鬥嘴，但這個守戒守成本能的憲章宮監院，不但不容有人辱及瀲灩，甚至澤被鴛門，成了鴛門不記名的弟子。

這已是後話。

＊＊＊

修道者通常將自己的身體鍛鍊得極好，食物都能獲得最好的利用，所以所需糧食和飲水都極少。他們倆雖然退化到這地步，飲食也比凡人要少得多了，而且不太喜歡調味料，也不怎麼吃葷食。

若真沒辦法，他們還是會吃的，卻不是因為宗教上的理由，只是單純不喜歡混濁的腥味。剛好這山村附近盛產竹筍和龍眼，他們倆幾乎是一吃就愛上。

相較於他們的世界，此地的靈氣極度稀薄，生物能夠生存對他們來講是很不可思議的事情。但鄭劾一本正經的說過，正因為環境如此嚴苛，所以能在這兒生活的生靈意外的堅韌，食物特別好吃也是意料中事。

他們倆喜愛的食物剛好也各適體質。鄭劾偏陽火，愛死了龍眼，瀲灩屬陰寒，吃生竹筍像吃水梨似的。這喜好幾乎伴隨著他們的旅程，成了他們對這陌生異鄉最初有好感的事物。

這天他們正在看西遊記的ＤＶＤ。這是鄭劾勉強願意坐下來看的說話劇之一。雖然他會邊看邊大發議論，說這簡直胡說八道到極點。但這套電視影集花了龐大的電腦動畫預算，聲光效果極佳，讓他能夠遙想拚法術鬥法寶的美好時光，才能耐著性子馬馬虎虎的看下去。

瀲灩發現，鄭劾學習力極佳，這套影集看完，幾乎就能掌握與言語文字的關係，等她教導了一套簡單的學習法門，鄭劾幾乎不費吹灰之力就學全了，還能夠唧唧呱呱的用當地語言和她鬥嘴，這讓她暗暗鬆口氣。

這大概是她教過最有天分卻最偏才的學生。除了用道術和法術引起他的興趣，其他都無用，不禁苦笑。

她一面看著，一面取了紙畫符。不知道幾千年沒用到紙這種東西了……不過這地方的紙品質頗佳，雪白平整，又能摺疊得很小。剛開始用筆的時候，她也很驚嘆。她的家鄉歐姆，最初發展起來的是精神方面的修道，相較此地，靈力非常充沛。

雖然真正的修道入門都掌握在達官貴人手底，但誰家不會一兩個初級陣法或符籙呢？

有些未入門派的鄉野巫覡也能作些簡單法術，祈求豐年或禳福，尋找走失的牲口，在村落布置防禦陣法。道術對他們來說就是生活的一部分，就像靈氣就該這麼充沛一般。

所以後來發展起來的理性科技派融合了許多陣法的精髓，小至一枝筆也非有個精簡的傳輸符文。

但她握在手裡的這枝筆，卻老老實實的用了最簡單的器作來處理，卻可以跟道術所為差不多好，真是讓她佩服不已。

她模模糊糊的覺得，這是一種生活智慧，道術也不是那麼必要的事情。

「手訣你都背熟了嗎？」她埋首畫符，鄭劾正坐著看DVD，一面吃著龍眼。他只用根手指輕敲果盤，一顆龍眼就脫離果殼跳了起來躍入口中，然後他神準的將果核吐入垃圾桶。

就算吃盤水果，他也不忘磨練法術。

「背熟了。」他心不在焉的回答，「我想得太複雜了，原來只是借用和施放，我還以為要怎樣轉換……」

「……我的符挨不住你的轉換。」瀲灩沒好氣，「拿著，這堆應該夠你用了。各有用途，屬性也不同，別搞錯了。」

她將每張符打成一個精美的小結，體積小，容易取用。鄭劾取過裝滿小結的袋子，心情低落下來，「唉，我怎麼會淪落到得帶這種難看袋子的地步……」

過去他連儲物法寶都省了，開封陣就結了，可說來去瀟灑。現在卻得帶上這些累贅，說不出有多不痛快。

「修道人哪來這麼多囉唆？」瀲灩淡淡的。

「嘖，我們都是修道人，怎不見妳修煉？」他早覺得奇怪，「沒受什麼傷害，只是散去修為，妳根基又沒怎樣……」雖然進度緩慢，但他已經凝起一些法力，足以自保和驅動符籙了。

「我不能。我與你們修煉法門不同。」瀲灩輕嘆，「我得等到二十才能開始修煉，看起來還有七八年的光景。」

鄭劾好奇起來。鴦門修煉是不傳之祕，但門人都是群厲害得緊的女子，號稱「九命鳳」。若是沒打死，傷得再重，休養一兩個月就活蹦亂跳，沒事人似的。他於道法極為癡迷，早就想知道鴦門的修煉法門。

「欸，落難至此，我都不怪妳了。」他兩眼發光，「就算不能得鴦門真傳，也指點一下嘛。我也教妳憲章宮入門心法，如何？」

「得了。」瀲灩笑起來，「天下道派心法我大約略知六七，沒一樣我能練的。這也沒什麼，是大家不好意思說罷了。我這自悟的法門說破不值一文錢，以女子之體為爐，每月月事換血為丹，自成宇宙，就這麼簡單。女子往往要雙十才有月事，我得等初潮來臨才有辦法依法門修煉，之前是不成的。」

她說得淡然，鄭劾倒是面紅耳赤，羞得手腳不知道怎麼擺。「……什麼旁門左道？真是……」

「沒這旁門左道，我早死了，還修什麼呢？」瀲灩泰然自若。

她身患絕症，在瀕死之際讓莫言強救回來，根基之薄弱，實在無從下手。莫言將她帶在身邊百年，什麼法門都教過了，連氣宗真傳都傳給她，這先天不足就是無力回天。

後來莫言橫了心，讓瀲灩習武，這才略有起色，只是進度甚緩。後來一次月事來潮時，瀲灩不慎走火入魔，誤打誤撞悟透這個法門，這才真正獨立的築基修道，開啟了女子修道法門的便捷之途，創了鴦門。

鄭劾聽得張目結舌，只覺大開眼界。

「原本陣法勾出舊傷，我也差點散功解體。」瀲灩嘆息，「沒想到化光了所有修為，我反而免於一死。若是此處還能居住，我想也該撿起舊時武藝，練個根本，等待初潮……你我若修為夠了，說不定可以脫困。」

「……這種旁門左道，我是幫不上忙的。」他臉上紅暈未褪，神情倒是堅毅起來，「咱們是一條船上的，哪能分彼此呢？我教妳套專為凡人設計的武功，妳不能推辭。」

瀲灩訝異的看他。需知憲章宮守戒最厲，擇徒甚嚴。要學個一招半式還得當上記名弟子。「我是不拜師的。」

「妳教我符籙要我拜什麼鬼師嗎？」鄭劾沒好氣，「只有五招，臨敵用處不大，但強筋健骨、奠立基礎對凡人是不錯的。妳學就是了……修道人哪來這麼多囉嗦？」

他學著瀲灩口吻，把她逗笑了。一看手法她就明白，這是融合了服氣靜心的法門，武學中的內功心法，若悟透了，對凡人幫助極巨。

正研究著，鄭劾猛然抬頭。「……有人來了。」

碰的一聲，大門已經撞開，一群全副武裝的人和他們面面相覷。

鄭劾面容大變，瀲灩心底也湧起一股難以言喻的古怪。

「……老大，他們看起來不像殭屍。」有人低低的說。

「那就是吸血鬼了！」他揚揚手底的一塊古怪黑鐵，「舉起手，站起來！」

鄭劾沒舉起手，卻往瀲灩靠去護住她，雖然驚駭得幾乎動彈不得。

他現在修為低微，卻已經有了法眼。這鬼地方第一回遇到的人類，卻讓這見多識廣的高手瞠目。

眼前的人形貌與他們相似，但氣息構成的影子卻非常可怕。像是把妖魔神靈各切了一小塊，亂七八糟的縫在人身上。就他而言是非常詭異的事情。

他所來的地方紀律非常嚴明，妖魔神靈各有所棲，構成龐大的世界。人類修煉蛻變為神，動植物修煉蛻變後為妖、礦物等無機物修煉蛻變為靈，魂魄修煉蛻變多為魔。

妖與靈雖然境界不如神靈，但比修道者高一點，雖有各種溝通或召喚的方式，卻多為請求與商量，對於眾生，修道者都懷著極度的敬重，就修道而言，這些妖或靈是他們的前輩，不可以褻瀆的。

然而眼前出現這些人類，卻像是某種奇怪的實驗怪物，將什麼有的沒有的湊在一起縫著。

這樣對他來說是很大的衝擊，比看見什麼異形都可怕多了。

「……你看到什麼？」瀲灩低低的問。

「妳沒看到？噢，我忘了，妳沒法眼。」他對著瀲灩的眼睛吹了口氣。這下子，瀲灩也看到了，她臉孔發白的抓住鄭劾的衣角，鄭劾也靠她近一點。

「……太褻瀆了。」她勉強說了一句。

這些人是山下小鎮的防疫警察。這個山村好幾個月沒人出來，鎮長派他們上來看看。一看梟無人煙，就知道不祥。看到這對漂亮的少年少女，直覺就是吸血鬼搞的鬼。

他們小聲交談，卻沒動作。帶頭的隊長也不敢輕舉妄動，只是用槍指著。其他警察到處察看，沒多久就回報，「找到一個大坑……」回報的警察不忍說下去。

「……死光了？」隊長心頭一冷。

那警察無奈的點頭。

這位隊長是個特啻，脾氣如烈火，嫉惡如仇。他仗著藝高人膽大，不把兩個小小的吸血鬼放在眼裡，一言不發就開槍，鑲滿符文的子彈呼嘯而去。

早在他起殺意的時候鄭劾就察覺，拉著瀲灩逃過這槍。雖然他從來沒見過這種法寶，但從那股殺氣就知道不是好吃的果子。聽見巨響硝煙，他委實好奇，就欺身上前奪槍，想弄明白這法寶是怎麼回事。

隊長看他倆形如鬼魅般欺上來，也大吃一驚，要再開槍，鄭劾不畏滾燙，笨手笨腳的將手指插在槍管裡，讓他又好笑又好氣。這槍能轟斷了這吸血鬼的手指倒好，萬一沒轟斷炸膛那就得看老天爺保佑了。

他敏捷的左手化掌為指，疾戳鄭劾的眼睛，瀲灩卻先他一步格擋，反手卸向他的關節。他不得不棄槍防守，別人只覺得眼花撩亂，隊長的槍已經被奪，各自後退一步。

鄭劾想把手指拔出來，無奈卡住了，只好讓法寶吊在他手指上，眾人又想笑，又不敢。

一經交手，雙方都是心底一寒。隊長憑著特裔的本能，幾乎可以肯定眼前的不是吸血鬼，而且還是武術高手。但究竟是什麼血緣，居然看不出來。

鄭劾和瀲灩更是吃驚。眼前這大漢不但氣息雜七雜八，連勁力也是古怪的很。只是沒有修煉過，完全是靠天生蠻力。但勁力隱含著眾生的氣味倒是真的，雖然弱化許多。

「什麼鬼地方？」鄭劾的手指還卡在槍管，另一手摸著符袋，卻犯難了。對手有模糊的魔影，退魔符肯定是有效的。但對手又不只魔影，還有妖和靈，他實在不願意隨意處置眾生。

「我們走。」瀲灩當機立斷。

鄭劾雖然不甘願，但他也急著研究法寶，沉著臉擲出迷惑符，掐著手訣，借助電能，「叱！」

這群防疫警察驚覺身邊的人都消失了，只見滾滾滔滔的白霧。驚慌失措的轉了半天，白霧才消散，那對少年少女當然跑得不見人影了。

「……媽的什麼鬼東西？」隊長大罵起來，「快追！」

＊＊＊

瀲灩從樹上看下去，那些防疫警察像是無頭蒼蠅似的到處亂鑽。看了一會兒，她稍稍放心下來。這些人看似古怪，卻連追蹤神識都不會，想來暫時是沒妨礙的。不但不會追蹤，還越去越遠。她有些摸不著頭緒，細想就明白了。這裡的人一定沒人修道，所以沒有任何神通。但他們的法寶還是挺厲害的，她不敢掉以輕心。

一回頭，鄭劾還跟那塊黑鐵奮鬥，手指就是拔不出來。瞧見瀲灩無奈的眼神，鄭劾強自鎮定，「這法寶喜歡我，我有什麼辦法？」

瀲灩翻了翻白眼，費了不少勁才取下那塊黑鐵，鄭劾一把奪了去，愛不釋手的翻來覆去。

「……憲章宮誡律之一不是戒豪奪？」她冷冷的。這小子看到法寶就樂開花了，二話不說的衝上去，把她嚇出一身冷汗。

「我是阻止他行兇，哪裡是豪奪？」鄭劾漫不經心的回嘴，正在努力破解這個法寶的奧妙。

試了幾個通用的手訣和咒都不對，他有點悶。一拍腦門，他暗罵自己笨。這裡的人古裡古怪，似乎沒有修道者。開始回想那大漢的姿勢，他非常正確的開了一槍。

問題是，他的槍口對著瀲灩。

饒是她身手快，緊急偏了偏頭，但耳邊爆起巨響和硝煙味，耳朵上方熱辣辣的，她摸了摸，指頭上都是血。

鄭劾張大了嘴，他也嚇呆了。

瀲灩回頭看看鑲在樹幹上的鉛子兒，又看看還在冒煙的黑鐵。壓抑多時的緊張和憤怒一起爆發，她撲上去，就是一陣暴打。

鄭劾只能抱著頭，悶聲讓她揍。差點殺了瀲灩也把他嚇壞了。一顆鉛子兒宰了鴛門開派宗師，傳出去的確不甚好聽。

打到手痠才停住，瀲灩鐵青著臉，伸手大喝，「給我！」她下定決心，絕對不讓他碰任何陌生的法寶，她的小命一定會莫名其妙的被他了結！

鄭劾按住黑鐵，哀求的搖頭，可憐兮兮的。「……對不起啦！」

「在我墳頭對不起有屁用?!」瀲灩大叫。

鄭劾拚命道歉，瀲灩的氣也慢慢消了，一陣酸楚的傷心湧了上來。她修煉已久，不知道多久未曾動怒。現在不但亂發脾氣，還出手打人，可見境界倒退到什麼地步。

從頭修煉不知道要何年何月，前途茫茫，脫困還在未知之數，身邊卻只有一個天兵監院。若不是強忍著，恐怕已經嚎啕大哭。

「意外，意外啦！」鄭劾小心翼翼的把法寶收起來，「別真的哭，我最怕女人哭了……」

「誰哭了？」瀲灩冷冷的說，「敢再把那玩意兒對著我，我就宰了你！」

鄭劾乾笑，「不會不會，我收起來了。」看瀲灩怒火未熄，他趕緊轉移焦點，「這兒不是久居之地了，那票怪人還不知道幾時回來呢。我們還是走吧！」

「不認識路，可以走去哪？」她的火氣低了些。

「我想過了，這些傳電能的線一定通到某個厲害的大法寶那兒，能用這種東西的人一定是高手。」他指著電線和電線桿，「說不定還是修道者呢。不管怎樣，也是個線索。能成就脫困有望，不能成也當是修煉，如何？」

瀲灩也有些自悔暴躁，就順勢下階。「也是，就去看看吧！」

他們就循著電線和電線桿，翻山越嶺的往中都而去。

一走到中都，他們就失去了方向。雖說眼前這劈哩趴啦的建築物能量極強，但看起來只是個集散地，並不是源頭。

這個時候他們還不知道這是個變電所。抬頭看縱橫著無數電線，不得不望之興嘆，不知何去何從。

瀲灩沒法眼還好，鄭劾可是難受得不得了。路上行人個個都像怪物，偏偏又知道他們是人類。那股難受勁兒還真是別提了。

瀲灩睇了他一眼，苦苦思索起幾千年前的舊學。

「吃不消了……」鄭劾臉孔蒼白，「再看這滿街人形怪物我要發瘋了……」

「別吵，讓我想想該怎麼修改。」瀲灩漫應著，「時日久遠，我有點忘記這遮蔽符怎麼弄……」

「妳有辦法？」鄭劾大喜過望。

「有。」她心不在焉的回答，「不過本來是牲口用的，我想想怎麼改成人可以用……」

「牲口?!」鄭劾的臉都黑了。

「有些牲口對靈體比較敏感，會大驚小怪，遮蔽符就是讓牠們瞧不見靈體。你又不是驢子，不修改一下，能夠直接用嗎？」

「……喂，我好歹是憲章宮監院，八大高手之一！妳把我比牲口，妳這妖女……」

瀲灩沒理他，凝神畫好了遮蔽符。「好了。咦？你剛大聲嚷嚷啥？我沒聽清楚。」

鄭劾氣得差點升天，瞪了她一會兒，沒好氣的將遮蔽符搶過去，輸入一絲法力發動。果然，那種異常的氣息就消失了，雖然還有點感應，但已經舒服許多。

「什麼鬼地方？」鄭玏抱怨著。

瀲灩也很想抱怨，但兩個都抱怨個不停，路該怎麼走？「有點修道人的樣子行不行？」

他們零零星星的鬥嘴，一面走入中都。滿街的汽車倒沒讓他們很訝異，畢竟他們很熟悉搭載乘人用的法寶，比較讓他們訝異的是，當午後雷陣雨時，滿街開的雨傘，倒真是大開眼界。

「……還有這種方法啊？」鄭玏大笑，「強，強！這大約是荷葉給的靈感。咱們那兒都用避水咒，真沒見過這種原始的手法！」

瀲灩也笑了，她對這樣的避雨方式也感到很新奇。在她眼底，煙雨濛濛中，顏色形狀不一的雨傘穿梭，頗有美感。

鄭玏拉著她上了陸橋，好看清楚一點。但他們兩個卻沒想到自己看起來有多奇怪，雨水離他們三尺就彈開，一對漂亮的少年少女對著橋下指指點點，說著悄悄話，還笑語嫣然，實在很引人注目。

行人遠遠的看著，臉色漸漸不善。等他們察覺情形不妙時，已經有幾個人殺氣強烈的靠過來。都穿著兜帽大氅，還有幾個拿著長鐮刀。

「一定是妖怪。」一個滿臉陰沉的男人一扯鏈子，「這不是你們來的地方！」

瀲灩聽懂了他說什麼，只是有些茫然。「我們不是妖怪。」

「這是人類的地盤，卑賤的妖怪滾！」他一鏈子打下來，居然將陸橋的水泥欄杆打掉一角。

鄭劾也發怒了，「說什麼鬼話，眾生平等，你管我是不是妖怪？我看你也是妖怪，我都不妨你在此了！」

那男人發一聲喊，陸橋兩端都湧上許多同樣裝束的人。仗著身手，他們騰挪擊打，頂多將人拋下陸橋，但敵手卻越來越多。

鄭劾越打越怒。他生性高傲，遭此巨變已經覺得夠窩囊了，這些傢伙居然沒事找碴，更勾起他壓抑至今的怒火。他取出退魔符，借用電能，經由陣雨的加幅威力更是大增。

只一擊就炸翻了百步之內的所有人，若不是他守戒已經守成本能，恐怕在場的沒有活口了。

但是炸完，他就有強烈的不妙感。有股陌生又熟悉的勁力由遠而近，越來越強烈。說是道術，又不太像，但說不是，卻又有類似的壓迫感。

若他修為還在，哪看得起這種初學者。可惜他修為化得乾乾淨淨，現在也只比凡人好那麼一點點。

瀲灩也察覺了，她踢翻一個抱著她大腿的敵人，「不好！快走！」

「我當然知道不好！」鄭劾抓著她就要跳下橋，只覺得一窒，居然凝在半空中。

即使遮蔽符也遮不住法力白光，雖然來的這個老頭兒的白光還很淺，但要捏死他們這兩個落難的一代宗師倒是措措有餘。

鄭劾想拿符，卻被禁住，連根小指頭都動彈不得。

「這大概就是虎落平陽被犬欺。」瀲灩嘆息。

「閉嘴啦！」鄭劾氣翻了。

那老頭臉上的皺紋可以夾死蒼蠅，駝著背，獰笑兩聲。「妖怪就是該死的……」伸出手來，直取鄭劾的壇中。

看他的手法，鄭劾不敢相信，但也明白了。這是採捕道，非常不入流的道門。若出現在他們的世界，是會被群起而攻的。

「老子沒有內丹啊！」他絕望的大吼。

就在這個時候，突然白光一閃，鄭劾和瀲灩都消失了蹤影，那老頭只抓到鄭劾的一塊衣角，氣得他連聲吼叫，破口大罵。

# 第三話

鄭劾和瀲灩都知道是瞬移，但使用者實在用得很粗糙，他們兩個頭昏眼花，差點吐出來，一回頭，還可以看到陸橋，大約只挪移了一、兩百公尺而已。

現在的鄭劾和瀲灩是標準的眼高手低。有著大宗師的見識，卻只有凡人的身手。其實出手相救的人已經非常了不起了，只是他們覺得不怎麼樣。

一起抬頭，眼前是個很高的俊美男子，一頭發亮的白髮飄逸，眼神森冷，漂亮的不像人類。

事實上，他的確不是人類。瀲灩有些訝異的看著他臉頰上淡淡的紋身，從下巴蔓延到眼下，淡淡的銀光，像是兩簇精美的火焰。

鷲門最擅長和生靈溝通，召請妖靈也是她們的專長。眼前這個俊美男子雖然和瀲灩熟識的眾生不太一樣，但擁有他們某些特徵。

「你們是蛟族還是老龍那邊的小鬼？」俊美男子不耐煩的問，狠狠地教訓他們，「這是什麼世道？可以在人類眼前使用妖術嗎？人類中頗有些敗類，都是等著要我們的！辟水訣好了不起？是可以在人類面前耍弄嗎？你們長輩是怎麼教的？」

鄭劾大怒，「瞬移都玩不好的後生小輩……」

「你閉嘴啦！」瀲灩打斷他，「人家可是救了我們，就算是真的你也別說出來……」

俊美男子詫異的回眼，仔細觀察這兩個小傢伙。細觀之下，他變色了。

「……為什麼又出現彌賽亞？還是兩個彌賽亞！老天……」

彌賽亞？鄭劾和瀲灩對視，滿眼迷惑。

「不，不太對。」那人低頭想了片刻，「你們純過頭了。」他凝目，神情變得緊張，「不好，這裡不是說話的地方。」他縱起狂風圍繞，霹靂一聲，想將他們帶走。

但破空飛來的陣旗已至，轟然的落下一個封神陣，成了一個只進不出的禁制，狂風被硬生生的攔下來，俊美男子露出一絲怒容。

那老道慢慢的踱過來，「哼哼，狐玉郎，九尾狐王好了不起麼？都快死的老傢伙，橫管什麼閒事？」

名為狐玉郎的俊美男子神情冷然，「宋臣風，我看在你家大人的份上一再容忍你的無禮，現在你在跟我說話嗎？」

「就是跟你這老不死的說話，怎麼樣？」老道一臉傲慢，「就是看在長輩的份上，我才容你囂張，要不早吃了你這老不死的！那兩個小妖乖乖交出來，我就饒過你了，別逼我動手啊，老狐狸，我宋家修仙的手段可不是你捱得起的！」

狐玉郎滿眼輕視，「果然龍生九子，賢與不肖如雲泥之別。雖說我氣數將盡，但也不把你這後生小輩放在眼底！」虛空中閃爍霹靂，凝出一條宛如銀光凝就的長鞭。

老道看他叱出銀鞭，也不敢小覷，大喝道，「運陣！」掐著手訣，喚出飛劍和玉郎的銀鞭激出燦然的火花。

這是鄭劾和瀲灩第一回看到這界的法術賭鬥，原本滿懷期待，但鄭劾卻很失望。那個叫做宋臣風的老道，老則老矣，法力雜駁不純，使把飛劍就如臨大敵全神貫注，卻只能使出一道流光，有氣無力的。反觀狐玉郎只用條銀鞭，也沒動用什麼妖力就跟他打個勢均力敵，看起來是處處容情，高下立判。

若不是這陣法還不錯，老頭子大約三招就要落敗了。但這陣法非常巧妙的補足了宋臣風的缺陷，這才能僵持不下。

但他和瀲灩，處境就有點危險了。

看了一下子，他深知這個陣乃是尋常的攻擊禁制陣法，變化很少。但他和瀲灩的法力加起來還沒根陣旗多，想要破也破不了，只能拚命追逐生門避免傷害。偏偏生門有老道安下的生靈傀儡，單手對付他們就夠了，何況還有十來隻。

若不是瀲灩防患未然的寫了不少符，不是讓陣法弄殘了，就是讓傀儡抓死了，但他符總有用完的時候，這些傀儡就算被炸散了也還可以自己拼拼湊湊的爬起來拚命，更何況瀲灩一點法力都沒有，幫不上任何忙。

等他符袋空了，又追不上變幻莫測的生門，臉孔不禁煞白，心底的那股子窩囊，真是無處說起。

風聲一響，狐玉郎揮鞭破空擊碎了三隻傀儡，臉孔森冷得讓整個陣內像是刮著暴風雪。

「封神陣與你的性命相連，我這才留情。」他眼中滾著流金，「但我相讓到這種地步，你還不知進退……想來明琦也不會責怪我宰了誤入歧途的宋家後人。」

「我怕你虛張聲勢麼？」宋臣風怒吼，「殁世盡，妖孽出！我今天就代天行道……」他催上飛劍，突然化成三道流光奔向狐玉郎。

「雕蟲小技。」狐玉郎輕蔑的撇嘴，手上銀鞭突然化成千萬，連飛劍都絞成粉碎，何況劍光。奔騰怒嘯的鞭影不但將陣旗全廢了，連陣內的生靈傀儡都沒逃過，全部化成粉末。

宋臣風呆呆站著，突然噴出一口黑血。飛劍陣旗和生靈傀儡都和他本命相關，驟然毀滅一空，他受到極重的內傷，再也站立不住，撲倒在塵土中。

「好看是頗好看，」鄭劾忍不住師尊的脾氣，出口指點，「就是妖力有些不足，還要多練練。」

「要你多嘴？」瀲灩瞪了他一眼，「不管功夫好不好，人家都救了我們。」

狐玉郎沒理他們，默默的看著無力還手的宋臣風。他知道，這個狂於除妖已入魔道的不肖宋家人必成後患，但他與宋家女子有生死之契，實在無法下手殺她後輩。

「多學點禮貌吧，臣風。」他冷冷的轉過身子，「不是看在你堂姑的份上……應該說，看在你是宋家人的份上，哪容你活到今日……」

他身子一緊，低頭看著透胸而過的桃木劍。鄭劾來不及示警，怒得踢翻那老道，掐得他直翻白眼，眼見就要死了。

「住手！」狐玉郎喝道，「自有人治他！」他咬牙，將桃木劍排斥得飛出去，傷口流出金色的血。潋灩立刻點了他傷口的大穴，流血趨緩。

他奇怪的看了潋灩一眼。需知妖族與人類穴道不同，但這純血姑娘卻認穴奇準，令人想不透。

不容他多想，一手抓著鄭劾，一手抓著潋灩，「狗爪子厲害，我們先走。」即使傷重，他還是縱著狂風，帶著他們逃離。

＊＊＊

他縱狂風雖快，但後面的人卻追得更緊。

偏斜著眼睛，他心裡暗暗喊了聲糟，神色卻依舊如冰封一般。只見來人面如冠玉，唇若塗朱，臉上帶著似嗔若喜的神色，委實是個美男子。騎著一匹極大的「狼」，風馳電掣的追了上來。

亂臣賊子，只知道在皮囊上下工夫。玉郎狠狠地腹誹。天柱折時，多少生靈死魂都填了地維，不然就如他苦苦撐住一地，幾乎將自己的命都賠進去。耆老凋零，只剩一些投機無法之徒，空有一身道行苟存於世。若不是禁咒師弄出個紅十字會，用道術結合科技維持秩序，早就不知道亂到什麼程度。

忌憚紅十字會的組織，這些膽大妄為不成氣候的狂徒，眼見不能對人類如何，轉向獵捕妖族。歿世之後，舊信仰全面崩潰，稍有點能力的狂徒成立不少新宗教，各立山頭，還刮起採捕妖族內丹的邪風，利用人心的脆弱引發種族衝突，真是百死不能贖其愆。

幸好妖族向來低調，各有領地，逼得只能封國自守。真正苦的是流落在外尚有內丹的半妖或小妖，在這種邪風下，也只能無奈的自掃門前雪。

追來的這個還是當中最壞的一個。他自命渾沌上人清泠子，正是宋臣風的師父。他所騎的巨狼，其實是用諸犬殘忍煉化的犬神。狡猾奸詐，從不留下證據和把柄，道行又高，玉郎對他最為頭疼。

「唷，玉郎哪，你跑什麼跑？看到貧道不開心嗎？」他像是玩弄獵物般不緊不慢的並駕，「我家小狗看到你可就開始發春啦！」

玉郎斜斜的看他一眼，不動聲色。犬神正是妖狐的剋星，若是他全盛期時，連二郎神的哮天犬都敢與之爭鬥，但現在他的實力衰退到這種地步，連這樣的小小犬神都讓他忌憚。

不發一語，他催緊狂風，對於清泠子的冷嘲熱諷充耳不聞。

清泠子輕笑一聲，抓起一把藍弓，撥動弓弦，發了一隻日光所凝聚的光箭。

玉郎連瞧都沒瞧一眼，只擰髮為鞭，攪散光箭，馳得更急。清泠子對他發了三箭，都讓他的髮鞭打散。

這老狐狸功夫越發好了。清泠子暗忖。真要跟他爭持，就算殺了這老狐狸也非大傷元氣不可。更何況又殺不死他。但要這樣放他過去，清泠子又捨不下老狐狸護著的童男童女。

他一眼就瞧出來，那對童男童女根本不是什麼小妖，而是一對血統純正的人類。這正是採補道最終極的夢幻逸品，他那孽徒眼色不行，運氣倒是好得不得了。

清泠子眼中出現貪婪，但也知道想要搶下這對童男童女是辦不到的。頂多二選一，這到難倒了他。

最終他決定，美女易尋，這樣漂亮的少年可是難得一見的。他再次拉起藍弓，卻先後連發出兩支光箭。

玉郎只來得及攪散頭枝光箭，另一枝漏網之魚，疾馳向鄭劾。

也是清泠子該遭瘟，沒料到這個看起來功力低微的「少年」是個爭鬥經驗極為豐富的宗師級高手。看到清泠子不懷好意的看著他和瀲灩，鄭劾就心知不祥，暗暗將所有法力都集中在手掌。等光箭幾乎觸身時，他借力使力虛托一掌，讓光箭往上一飛，又迴拳將光箭打了回去。

雖然讓這箭的威力震得吐血，稀薄的法力也耗去大半，但反射的光箭也逼得清泠子退避，將距離拉開。

這招應變實在敏捷奧妙，連冷冰冰的玉郎都露出一絲微笑，喊了聲好。

瀲灩看到清泠子又追了過來，知道這樣不是辦法。她扯下袖子，咬破指尖，在顛簸的狂風中開始畫符，然後將符布打了個結，扔給鄭劾。

「這個妙！」鄭劾一掃窩囊的感覺，興奮的擦了擦嘴角的血，「老怪物，吃我一記好的！」他飛快打著手訣，一甩手就是一記青雷，炸得清泠子一偏。

「……瀲灩，妳搞什麼鬼?!」鄭劾大怒，「妳符畫錯了兩處！妳看威力減這麼多，浪費我的法力啊！」

「你怎麼不來畫畫看？」瀲灩也吼回去，「顛成這副德行，我畫得出來是我天賦異稟，你還敢嫌？」

「妳……小心！」鄭劾看到光箭又來，不禁變色大叫，幸好玉郎早有防備，狂風偏了偏，光箭只掃過鄭劾的肩上，已經嚇出一身冷汗。「嘴動手也要動啊！再來！快畫符啦！」

「最好我有那麼多布可以撕！」瀲灩也急了，她扯下另一隻衣袖，飛快的畫著最簡單的青雷符。一畫好就扔給鄭劾，然後就急著撕上衣的下襬。

他們的舉止玉郎都瞧在眼底，他探出一絲神識，驚嘆這樣匆忙而就的符居然這樣巧奪天工。可惜小夥子的法力太低，沒辦法發揮到極致。

「符給我。」他一面縱狂風，一面冷靜的說。

瀲灩忙得不得了，但尊敬妖界前輩已經成了本能，於鴛門更烈。她恭敬的遞了只符結給玉郎，然後趕著脫下上衣，繼續撕布畫符。

玉郎少年時素有戰鬥狐王之稱，唯有大妖殷曼讓他服氣。殷曼是千年飛頭蠻，屬於個學者型的大妖。與她過招，給了玉郎許多啟示。這個散漫的大妖和玉郎交手幾次，妙法紛陳，還用人間道家的手段讓他吃了很大的苦頭。

等領悟到殷曼以妖力替代其他法力或神力後，玉郎別開蹊徑的成為使用各界法術的高手。即使是個來路不明的符，也沒能難倒他。

只是他對這樣的符大感驚訝。這個看似倉促的符卻套入了極為精巧的集氣法陣，只需要很少的法力就可以激發，並且奪天地靈氣為用，非常不可思議。

他學著鄭劾的手訣，轉到二印，就知道不妙。這脆弱的符物承受不了他的妖力，沒辦法使完全三印，他輕笑，「不成了。」順手甩出，卻將清泠子炸出百丈，地上深深的割裂出三道裂痕。

但已經讓鄭劾和瀲灩目瞪口呆了。

玉郎溫和的說，「好，再來。」這符的威力讓他印象深刻。

清泠子簡直抓狂了，他全速驅策犬神，憤怒的犬神張著森然白牙，瘋狂的撲向玉郎。

「心亂誤事啊，清泠子。」玉郎嘲諷著，精確的操控妖力，使完全訣，瀟灑的一撒手，只一擊，讓他忌憚的天敵犬神立刻化為烏有，騎在牠背上的清泠子摔了個大跟頭。

玉郎驅緩狂風，露出魅惑的笑容，「唷，清泠子，不小心用力過猛，打殺了你家畜生，還請原諒則個啊！」他朗笑，縱狂風而去，氣得清泠子大跳大叫。

這犬神是他虐殺一千條狗所成的，現在連渣都不剩，簡直是摧心扯肺。而且失了這腳力，想追上那個老狐狸，簡直是不可能的任務。

＊＊＊

一直飛到海中，玉郎才將他們二人放下。「那老鬼差點溺斃過，跟瘋狗一樣怕水。」他笑笑，面容慘白，「這下子總可以休息一下了。」

帶著兩個凡人縱狂風已經非常吃力，又和清泠子對戰，更何況，他之前已經讓宋臣風重傷過。

他緩緩的倒下，昏了過去。

瀲灩趕緊扶住他的頭，鄭劾抱住他的身子。但玉郎卻非常沉重。

他們兩人心底一寒，縱眼望去，大海茫茫，這個只有房子大的礁石連片葉子都沒有，更不要說飲水。而救他們的恩人，看起來出氣多而入氣少了。

這下子，麻煩真的大了。

瀲灩和鄭劾面面相覷，兩個都慌了手腳。尤其是鄭劾，慌到沒發現瀲灩沒穿上衣。

等他驚覺，不禁臉孔一紅。雖然瀲灩泰然自若的掩著胸，他還是狼狽的將臉一偏七手八腳的脫下上衣扔給她，「妳這個……成何體統！就算是熱也不該……」

「我冷得緊！」瀲灩瞪他一眼，「不然你以為你扔的符是哪來的？天上會跌布下來？」她將上衣穿上，差點連裙子都蓋沒了，袖子還得捲上好幾捲。

她蹲下身仔細的看著狐玉郎，眉頭緊皺。鄭劾也擔心的湊上去，可憐他這個一代宗師、八大高手，除了拚法術鬥法寶和守戒以外，真是半撇也沒有，看來看去也看不出所以然。

「妖狐前輩……會不會死啊？」他的聲音發顫。

妖族在他們的世界地位極高，被尊為次神、副神。比起高高在上，不干涉人間的神靈來說，妖族更可親更關愛人世，有什麼解決不了的大問題，都由修道者懇求召喚，往往可以得到他們的慈悲。當中以狐妖最親人，也被尊稱為狐尊、狐爺，九尾狐更被尊為狐神。

這種尊敬根深蒂固，雖然是異界的狐妖，還是讓他憂心不已。

「不會。」瀲灩很肯定，「因為這不是他的本命，而是二尾結成的虛影。但二尾受創，本命也危險了……」她遲疑了一下，又把了脈。

照這奇特的脈象來看，只能肯定和他們世界的狐妖有瓜葛，卻弱化許多。更糟糕的是，由分身推測本命，似乎是垂危的模樣，更讓她吃驚。

若還有絲毫法力，她的封陣有藥可醫。但她又怎麼開啟自己封陣？

抱著姑且一試的心態，「你開封陣，我瞧瞧有什麼可用的。」

「怎不開妳的？」鄭劾有些不樂意。

「我若開得了，會要你開嗎？」瀲灩沒好氣，「還是你幫我開我的封陣？」

鄭劾摸摸鼻子。開玩笑，瀲灩和他實力差不多，他要怎麼破解瀲灩的封陣禁制？悶悶的，他開了自己封陣，瀲灩沉默片刻，終於知道他何以這樣不樂意。

她從來不知道男人的封陣裡頭宛如垃圾堆，不知道大哥的是否也如此。

「……你從來不整理封陣？」她腦門一暈。

「……想要什麼，施法取出來就好了，整理它幹嘛？」鄭劾將頭轉開。

「你現在可以施什麼倒楣的法？」瀲灩扁眼。

「若不是救某個妖女……」

瀲灩舉起手來，相同的話已經吵過無數次了，鄭劾不煩，她都煩了。瀲灩只能爬進那個垃圾堆……咳，鄭劾的封陣，翻箱倒櫃起來。

「欸，妳到底要找什麼？」鄭劾雙腿發抖，「開著封陣也是很吃力的！」

「……若不是這樣的垃圾堆，我也不用你開多久。」瀲灩的聲音悶悶的傳出來。

最後她找到萬應丹，這才爬出來。

「這是我座騎吃的，妳要來作什麼？」鄭劾很好奇。

「雖然失禮，但眼前是我能用最好的藥。」她遲疑了一會兒，不好意思說出來。

她擅長溝通生靈，尤其是妖界。但他們世界的妖族神通極廣大，和此界不同。真給妖界吃的藥，狐玉郎還不知道消不消受得起。

結果這顆萬應丹，讓狐玉郎甦醒過來，並壓抑住本命沉重的傷勢。

「……狐妖前輩，」瀲灩遲疑了一會兒，「您身有舊創，纏綿心傷，實在不適合到人界走動……即使只是虛影。」她說得含蓄，其實狐玉郎的身體根本就不能再動任何妖力，更遑論離尾分身。

玉郎仔細的看了看她，「從你們用符使法、對妖族的認識和用藥，都不像我知道的任何法門，你們到底是誰？從何而來？世間又有變故了嗎？不然為何又出現純血人類？」

他們面面相覷，鄭劾問道，「難道還有混血的人類？」

這話一出，玉郎驚訝的揚起劍眉。「……你們不是三界內的任何人。」他身分特殊，為了打架幾乎踏遍三界，他敢肯定這對少年少女絕非出身於任何地方。

「前輩，」瀲灩平靜的行禮，「我們來自很遠的地方。我是蠶門掌門瀲灩，這位是憲章宮監院鄭劾。」

她簡單的敘述了來龍去脈，狐玉郎專注的聽。

聽完以後，狐玉郎沉默良久。「我是聽說過無數異界，卻沒想到是真的。」雖然匪夷所思，但他見識不同其他眾生，「妳說妳的故鄉在列姑射島？」

「是。」瀲灩點頭。

「或許只是同名而已。」他沉吟片刻，「我是九尾狐王狐玉郎。如妳所見，我的本命已經動彈不得，形同休眠。你們身負這種體質，當真是懷璧其罪。若能夠，倒是應該邀請你們到青丘之國接受庇護，可惜你們又是人類。」

「這邊的人類太無禮嗎？」瀲灩問。

「何止無禮而已？」玉郎冷笑一聲，「都當我們是惹禍的畜生了。」他忍了忍，聲音放緩，「總之，現在諸種族關係很緊張，青丘之國已讓我下了禁，排除任何有人類血緣的眾生。現下的我也解不開……」

「陛下，蒙您搭救已經太過，晚輩不敢前去打擾。」鄭劾恭敬的回答。

玉郎對這對少年少女很有好感，無奈他二尾分身還遭受重創，即使有靈丹救助，還是得回本體潛修。但這樣放他們在人世必會遭禍，像清泠子那種混帳只多不少。

「你們符籙厲害得很啊！」他想了想，笑著說，「可惜載符之物弱了些。」

瀲灩臉紅了起來，「……現下我絲毫法力也無，只能在這種短暫之物畫符。」

「妳不能，我能。」玉郎平靜的說，「救人救到底，再說我也欠你們一顆靈丹。」他掏出幾片平整的玉石，「妳做個樣本，我幫妳刻到玉石上。這是我找來的靈玉，撐得久。鄭劾小友，你法力還過得去，這靈玉符造好了，由你收著。瀲灩姑娘是女孩子，要靠你保護了。」

雖然是二尾分身，但狐王親手所刻的靈玉符非同凡響，給了他們很大的幫助。他戰鬥經驗豐富，又熟稔各種眾生，瀲灩一作好樣本，他甚至還可以給予建議和修改，對雙方來說都有教學相長的功效。

感激之餘，瀲灩將所有初步符學都教給玉郎，一旁聽著的鄭劾同樣受益匪淺。不過幾天相處，狐玉郎和他們感情越來越好，頗有相見恨晚之感。

瀲灩跟鄭劾借了法眼診斷玉郎，心情沉重。「……陛下，你何以忍死分身來人間呢？」

玉郎沉默片刻，「死不死，也顧不得了。我只期待能夠見到故人一面……比起死，我還比較怕誤了期，錯過了……」

「……若和我們的世界相同，轉世恐怕很難控制在何方。」瀲灩對這位狐王的深情頗為感動。

「這倒不妨，」他淡淡的，「我耗了一尾給她的魂魄。我跟明琦約好了，她不願長生，就不能阻我去找她。」

鄭劾聽了還不如何，瀲灩卻神色大變。這根本是玩命的事情，對九尾狐妖來說，每尾都關係本命，等於開了個巨大又無法癒合的傷口。據說他還耗盡全力去鞏固青丘之國，才沒毀於災變，難怪他現在如此虛弱。

不管他，不知道還能不能熬過百年。

「……若您好好保重，後會終將有期。」瀲灩深深難過起來。

「我懂，我很懂。」玉郎慘澹的說，「但狐族不動真情便罷，動了真情就是情蠱。等待的每分每秒……疼啊，疼入骨髓。」他默然不語，只是淒涼的看向染滿夕陽餘暉的碧海。

那股紅蕩漾，就像狐王心頭的血一樣，淋漓不止。

鄭劾看看默然的狐王，和神情悽楚的瀲灩，搔了搔頭。

他自幼修道守戒，「情」這個字識得，到底是啥玩意兒可是連邊都沒碰過。但看氣氛這麼沉重，他也不敢說話。

不過他一出生輩分就極高，從小就習慣當長輩，瞧大家難住了，他總覺得要幫著解決。

看瀲灩說的，狐王的身體不成了，只能潛修養傷，不能在人間走動，當然也不能再去找轉世的情人。雖然一隻狐妖和人類相戀頗怪……但他不能找，又不是別人不能找。

「那個，狐王前輩。」他打破沉寂，「您有沒有什麼信物還是法寶啥的，可以喚醒或追尋您轉世的夫人哪？」

玉郎轉眼看他，「有的。」他取出一綹黑白交織的辮子。那是明琦和他的髮結成的。

結髮為夫妻。瀲灩看了難受，鄭劾倒是沒啥感覺。「那好。我們在人間大約還要耽擱很長的時間，說不定就碰到了。如果這兒跟我們那兒相異不大，等我個幾年，功力恢復些就能推算了，找起來就沒那麼費力……」

「你們要幫我找？」玉郎訝異起來。

「為什麼不呢？狐王前輩，是您救了我們這兩個落難人，害您還受了這麼大的傷，無以為報，就找找人罷了，哪有什麼呢？」

「你要知道，世道敗壞，採補邪風橫行。」玉郎肅然起來，「你們兩個正是邪道眼中的大補丹……」

「難不成我們不找人，他們就不找我們了？」鄭劾傲然一笑，「雖然境界倒退到這種地步，我們倆還不是好吃的果子……想找碴非鬧得他們崩牙不可。」

瀲灩也明白了，「陛下，您若捨得，請給我一點信物。您好好潛修養傷，且信我們將盡力而為。」

狐玉郎靜默片刻，從辮子裡飛出兩綹銀黑髮交纏，瞬間成了個鏈子，懸著一只玉牌。「我在妖族還有點地位，這玉牌妳拿著。見牌如見我，妖族都會賣我點面子。我們是朋友，我不言謝，你們也別推辭。」

他舉手指向岸邊，「我不能再耽擱了，得立刻回到青丘之國。等等我一陣風送你們回中都……可惜我已經無力直接將你們送去都城。中都你們是待不得了，但我在中都有個臨時居所，裡頭有些我用的尋常武器和衣物，還有些人間用的錢幣。

「你們取了自己要用的東西，就想辦法去北都城。」他仔細說明了九字往返咒，「北都城的管理者雖歿，餘威猶存，怎麼說都比別的地方安全。你們去投靠大妖上邪，他還是我比較放心的人。」

不等瀲灩和鄭劾道謝，他一陣風就將他們刮到中都的住所。悶哼一聲，他頹然坐倒調息。雖說希望微弱，但總比一點希望也沒有來得好。萍水相逢，卻將明琦的下落託付旁人，他也覺得不可思議。

但這對孩子給他的感覺很好，他向來相信自己的直覺。要不然，也不會將狐王令給他們了。

待內息平靜，玉郎起身開啟通道。眷戀的回眼看看有著明琦的人間。

若還有一口氣，後會終將有期吧？他縱狂風，飛回青丘之國。

＊＊＊

瀲灩和鄭劾眼一花，已經站在一棟小巧的花園別墅之前。

「看起來狐王前輩是不妄動妖力。」鄭劾感慨，「他其實也厲害得很……當然趕不上我當年啦！」

瀲灩瞪了他一眼，「只有老頭子才會口口聲聲『想當年』。」

走近別墅，感應到狐王令，原本禁制著的大門霍然開啟。這種妖術手段反而讓他們覺得很親切，遂往裡頭走去。

果然是臨時住所，什麼傢具也沒有。一直走到二樓主臥室才有床和桌椅，整面牆的衣櫃。

狐玉郎在人間行走時，往往會喬裝打扮，各種衣服都有。狐族原本愛美，這些衣物不但低調而優雅，特別便於行動和爭鬥。雖然覺得膀子和大腿露出來有點不妥，瀲灩還是挑了背心和短褲，外罩一件風衣，甚至找到她合穿的靴子。

風衣裡頭諸多暗袋，她大為驚喜。藏匿暗器和拿取都極為方便，對現在的她來說實在太合適了。

鄭劾找了一套黑衣勁裝，除了露出膀子讓他不太滿意外，不管是材質還是剪裁都讓他非常喜歡。抬頭看這個衣櫥，他領悟到這是一種封陣的變體。裡面非常非常的大，甚至還有個武器室。

「瀲灩，瀲灩！」他驚喜的叫起來，「終於有武器防身啦！哇哈哈～」

「哎呀，太好了。」瀲灩走過來，扔給他一件風衣，「給你。」

鄭劾回頭，臉孔嘩的漲紅，「……妳這個、妳……妳好歹多穿點衣服！」

「便於行動就好。」瀲灩瞪他，「修道者哪來這種俗世的想法？你的戒守到哪去了？」

「我不要跟光溜溜的女人走在一起！」

「誰光溜溜了？」

「妳這副德行和光溜溜有什麼兩樣?!」

他們嘴裡一面吵著，一面往風衣裡頭塞暗器和武器。狐玉郎行走人間時非常低調，防身武器通常是輕便的刀劍和靈巧暗器。這對他們來說，正好適用。

等他們走出別墅的時候，不但衣裝整齊，全副武裝，還帶足了錢幣。

狐王給他們的玉牌，倒沒怎麼在意，只認定是尋人用的法寶。因為這玉牌玲瓏可愛，靈氣充沛，瀲灩很喜歡，就掛在脖子上當條項鍊而已。

但他們卻不知道，在歿世之後，九尾狐玉郎在妖界舉足輕重、隱然妖界首領的地位，這個狐王令有著非同小可的份量。

來到這個異界沒多久，他們就渾然不知的有了個龐大的靠山。

他們不像剛來時那麼驚慌失措，毫無戒心。現在他們非常低調，也不再輕易彰顯各種法術手段。

（是說能施展的法術手段也……有限的很。）

中都個是大都市，人口極眾。奇異的是，這個靈氣異常稀薄的世界，在中都卻有種反常的豐富。雖然比起他們那兒最稀薄的地方還少，卻已經很令人驚訝了。

瀲灩缺乏法眼神識，依舊可以感受到自然精靈的恩惠。看起來，似乎是水靈。地下極深處應該有靈泉才對。

因為靈力豐富，所以吸引不少眾生或修煉者（她絕對不承認這些敗德的採補門是修道者），維持一種奇異的恐怖平衡。最張揚的，反而是為數眾多，卻一點法力也沒有的人類。

路上常有穿著兜帽大氅，自命「天道門」的門徒，公然持械橫行，尋常人看到都會退避。瀲灩被塞過傳單，大約知道是怎麼回事。這些人集合成一個團體，說要「替天行道」、「維持人間純正血緣」，看得瀲灩啞然失笑。

和玉郎談過，她終於明白為什麼看這邊的人類像是雜拌兒。這不是實驗或是法術結晶，而是長久混血通婚的結果。人類的血緣強大，可以壓抑其他血緣，維持人類的形體繁衍下去。但真要說純正血緣，那還真是一個都沒有。

一無所知，卻喊得這麼理直氣壯，也真是了不起的白癡。

但這些白癡人類的遊行，卻往往會跟隨一兩個修煉者，她悄悄指給鄭劾看，要他小心。

「早看到啦！」他不太高興，「看到這麼多白癡我很不舒服。這種白癡會不會傳染啊？」

他居然還認真的擔心起來，瀲灩橫他一眼，無奈的嘆口氣。

雖然鬧了幾個笑話，但他們還是找到了怎麼去北都城的方法。拜電視機教育所賜，瀲灩還知道什麼是搭火車。在人聲吵雜的火車站，他們的列車還沒到，瀲灩在站內的車站專心看書，鄭劾早興奮得不可壓抑，奔到欄杆邊研究這個可以載這麼多人的法寶。

在歐姆科技發展的歷史中，因為借助了許多道術精髓，所以不曾有這種大量統一載人的法寶。通常家家戶戶都有傳送門，長途旅行得經過好幾個大傳送陣。火車或飛機在鄭劾眼中是很稀奇的群體工具，他全神貫注的研究這種大玩意兒的驅動能量就夠忙了，無暇他顧。

瀲灩一面要看書，一面要分心照顧這個興奮過度的天兵監院，心底不是不覺命苦的。

她看得是一本島內旅遊書，攤開地圖一看，她心底一沉。雖說是列姑射島，但和她印象中的故鄉實在差別太大，恐怕只有原列姑射島的百分之一。她心念一動，又去翻世界地圖集，看著環狀圍繞陸塊的眾島嶼，有種不可思議的感覺。

這倒像是遭逢了什麼大戰，列姑射島整個陸沉了，只剩下幾個根基比較堅實的碎片。玉郎略微提到天柱折地維絕，她在電視上也看到「大災變」這個詞兒。

有機會倒要好好的弄清楚這是怎麼回事。她暗忖。若說是地名相同，也就罷了。但雖然有若干差異，她感覺得到這兒和她的家鄉有著極深的關係，無論道門或傳承，就像是一個文化的分支。

但應該各界分明的規律卻被打破，混沌不明的存在於相同的星球，這實在太怪了。

她正陷入沉思中，卻聽到鄭劾的怒聲，機警的抬頭。只見他讓數個拿著黑鐵的人圍著，心底不禁一凜。

排眾而入，那些人又把黑鐵對著她。「她也是同夥！」一個舉著小小監視器的人喊，「襲警奪槍的吸血鬼就是他們！」

「什麼吸血鬼？沒禮貌！」鄭劾發怒，「我可是堂堂……」他挨了瀲灩一拳，下半句話吞了下去。

「證據呢？」瀲灩的電視可沒白看，「我想我們有權力要求正義吧？說我們……那個襲警奪槍，總要有個人證物證吧？」

她一出聲，這些人倒是面面相覷。他們是聯合警察，統合各鎮和諸都市協助偵辦刑案的刑警。春山鎮防疫警察傳來要求協助追緝的通緝令，剛好鄭劾行蹤可疑，試著拍照搜尋，沒想到他是襲警疑犯。

但這看起來不知道國小畢業沒有的小妹妹，卻這樣鎮靜的詢問，反而嚇住他們。瞧這氣度，不像尋常人家的孩子。

「說我們是吸血鬼，那就查查看我們是不是。」她兩手一攤。

聯合警察將信半疑的取了儀器來，掃描了一遍，這兩個不要說是吸血鬼，連裔的標準都沒到，又這樣斯文稚弱，說能襲警還真是天曉得。

他們把槍放下，一個女警笑笑的走過來，「小妹妹，這是例行公事，總是要詢問一下。你們家住哪裡？爸媽怎麼連絡？等你們爸媽來做個筆錄就可以走了。說不定有什麼誤會呢，對不對？」

「我們父母不在家。」瀲灩冷靜的回答，「他們去了歐羅巴，還不知道幾時回來呢。我們要去北都城依親，或許可以找我們那邊的親戚。」

泰然自若的，她說了上邪的地址。表面冷靜，其實手心捏著一把汗。他們在這世界舉目無親，唯一認識的是個妖族的狐王，和狐王託付的上邪君。若上邪君願意來，他們還可以不動聲色的脫困，不然就很難低調的過這關。

鄭劾每想說話，都讓她狠狠地踩腳。他敢怒不敢言，只能轉頭嘀咕，「首三戒之一是不妄語。」

「我家不守那種鬼戒，只守良心。總之……閉嘴。」瀲灩咬牙低聲。

聯合警察交頭接耳一陣子。他們對小鎮自行雇聘的防疫警察沒信心，眾人皆知，防疫警察良莠不齊，誣告錯告率極高。看這兩個小孩子氣度教養都像好人家的孩子，聽聞他們孤身要去北都城，不禁有些同情。

女警親切的對他們說，「我想是誤會，但公事還是得公辦。這樣好了，姊姊陪你們去北都城，跟你們監護人談一下，做個筆錄，好不好？不然你們年紀這麼小，姊姊不太放心。」

瀲灩一呆，覺得一陣溫暖。原來這邊的人也不是只會喊打喊殺，好人也是有的。雖然她的年紀說不定都能當這個女警的祖宗了，她還是溫柔的點點頭，「謝謝姊姊。」

示意鄭劾說話，他面紅耳赤的將臉轉開，當作沒聽見。開玩笑，他誰？叫個當他玄不知道哪去的玄孫女都不要的小姑娘「姊姊」？

直到瀲灩狠狠地掐了他一把，他才勉強喊了聲，「姊姊。」心裡那個恨，恨不得把瀲灩咬死。

列車入站，女警正要領著他們上車，鄭劾剛好和個大漢擦撞。

兩個人都抬頭，大眼瞪小眼一會兒，那滿臉是傷的大漢怒吼一聲「妖怪」！舉起鏈子就打。

所謂不是冤家不聚首，這正是跟他們第一個起衝突的大漢。鄭劾想也不想，反射性的掏出玉郎銘刻的靈玉符，迎面炸了他一記雷符。

那大漢還只是輕度灼傷，但雷符的衝擊力卻將周遭的人炸翻過去，瞬間倒了一地的人。

女警也被炸翻，她大吃一驚，立刻掏出槍來，原本準備走的聯合警察也奔了過來。

「乖乖，」鄭劾驚喜交集，「狐王手段非同凡響哪……」卻立刻被瀲灩拖著跑。

一面跑，瀲灩一面罵，「好威風，好神氣啊！一個凡人需要用到雷符嗎？你這該死的天兵！」

鄭劾一時語塞，「……就、就……誰知道他後面有沒有跟著厲害的高手？我這叫做先下手為強……」

「是唷？」瀲灩看列車開動，又被追得上氣不接下氣，「是有高手啦，被你的符都炸出來了！我看我們通通要遭殃了！」

# 第四話

眼見追不上列車，瀲灩感到絕望了。只見遠近淡薄的法術白光微閃，知道他們已經引起修煉者的注意。

不等她說，鄭劾已經放手大幹起來。他不欲傷人，但雷符的衝擊也讓這群窮追不捨的聯合警察吃不消。

等他們被禁制擋住去路時，瀲灩心中大急，那還不如讓聯合警察抓去算了，起碼安全一點。

攔住他們的是一個高大的男子，髮色灰白，面容滄桑，帶種奇妙的強烈白光。他一手持著長劍，身後帶著兩個少年，笑笑的看著他們。聯合警察上前行禮，喊，「聖師傅好。帶學生出來實習麼？」

那個叫做聖的男子點點頭，「這兩個小傢伙犯了什麼事情？」

「襲警奪槍。」

女警氣喘吁吁的追上來，非常生氣，「剛剛還差點被他們唬了！」

聖輕笑，對著瀲灩和鄭劾說，「小朋友，我知道你們很行，但修煉不是讓你們幹壞事玩兒的。乖乖束手就擒吧，別讓大人為難了。」

鄭劾現在看到修煉者就冒火，哪管他是什麼路數？他二話不說就炸上一發雷符，聖長劍一挑，輕輕鬆鬆的破解過去。他身後的兩個學生站了出來，直奔鄭劾。

三個少年打得熱鬧滾滾，煙塵四起。

「當心！當心！」聖喊著，「這是實習的機會沒錯，但注意自己安全，也別傷人了！」他按著劍，專注的看著戰況，時時準備幫學生一把。

瀲灩也冷靜下來，思忖著。鄭劾雖然法力稀薄，和那兩個少年半斤八兩，不過鄭劾有威力強大的靈玉符，真要收拾那兩個小鬼綽綽有餘。但眼前這位聖先生卻不是普通人物，不會看著自己學生被收拾的。

讓鄭劾去解決那兩個小鬼，然後才空得出手來共同對抗聖先生。她心底既然有了計較，就拿出了一把奇怪的武器。

這是狐王親手煉製的武器。他自從和明琦相戀，就不欲再傷人命。這把武器的靈感是從伸縮警棍得來的，共有五節，可以縮入把手中。只要施以巧勁就渾如一體，像把細長的西洋劍。

瀲灩修為雖然皆已化去，但不喜損傷人命。這個武器無刃無鋒，卻堅硬無比。用來過招再好也不過了。

「聖前輩，」她頗有禮貌的拱手，「小女子身無絲毫法力，僅以劍招請前輩指教。」

聖看她說得文縐縐的，原本想笑，見她拿把西洋劍似的無鋒劍，以劍指地，卻身無絲毫破綻，頗有大家風采，不禁心底暗暗喝采一聲，起了愛才之心，點頭說，「指教不敢當，切磋、切磋吧！」他放開劍柄，不想讓小女孩太難堪。

瀲灩回劍一刺，居然從聖的頸上虛晃一招，急指人中。聖凜然讓過，以掌相邀，瀲灩又靈巧的避開他的掌風，刺向膝蓋。

這些年聖在法學院教書，所謂教學相長，學習了不少古武學。他發現這小姑娘功力不高，但根基意外的紮實，招式巧妙不說，甚至認穴極準。點穴這種接近失傳的功夫讓她這樣信手拈來，宛如呼吸般自然輕鬆，讓他非常驚訝。

這是誰家的孩子？

殊不知，瀲灩比他還驚訝。她雖然沒有法力，但由於體質緣故，只能由武修煉，進度雖緩，但在她悟透獨門心法之前，就已經是凡間數一數二的劍俠了。她憑恃聖先生是個師傅，自持身分，不會拿法力跟她拚鬥，原有把握在幾招內制住他，沒想到幾次幾乎被奪劍，驚出她一身冷汗。

一咬牙，她使出莫言傳給她的「十八楊柳劍」，滔滔滾滾，宛如行雲流水般，分攻數個大穴，終於刺中他位於小腹的關元穴，心底正喜，卻覺得一股奇怪的力道反震回來，反而讓她手一軟，差點拿不住劍，還被聖拿住後頸。

聖正要說話，看到她雪白頸項中掛著狐王令，微微一怔，反而跪了一隻腳下來，摀著小腹。

這讓瀲灩摸不著頭緒，鄭劾已經將兩少年打得倒地不起，剛看到瀲灩被拿住，他的心涼了半截。一見聖似乎負傷，他趕緊扛起瀲灩，奔向一輛疾馳的火車，靈機一動，朝著月台發雷符，借衝擊力躍上火車頂。

眾警察大喊大叫的要追，聖站了起來，止住他們。「沒事兒，我知道哪兒要人去。追緝令分發給紅十字會就行了，辛苦大家。」

他扶起兩個躺在地上哼哼的學生，笑笑說，「殺殺你們威風也好，須知人外有人，天外有天。」

這兩個少年是法學院的高材生，尤其專長戰鬥。讓個比他們小的孩子鬧個灰頭土臉，心底都很窩囊。

聖沒說什麼，只是拿起手機。「欸，馴貝。若傳了兩個小朋友的追緝令，幫我壓下來。唔？沒事，沒事。那是狐王的晚輩，發個e-mail跟狐王抱怨一下，要他管教管教就好。現在妖族跟我們關係這麼緊張，何必把事兒鬧大？那兩個小朋友是皮了點，但一個人也沒傷，跟狐王說一聲就是了，別添亂了。」

收了手機，他心底有些羨慕狐王。這樣優秀的晚輩不知道從哪來的良材美質……有機會要跟狐王要人，來他們法學院當個交換學生也不錯。

這時候他還不知道，這兩個貌似少年少女的宗師級高手，還是他的十三夜從遙遠異界帶過來的。

＊＊＊

鄭劾的心情非常複雜。

剛看瀲灩差點被拿住，他的心臟差點就停了。被送到這個古怪地方，若不是瀲灩冷靜智慧，善於處世，他搞不好早就沒命了。一想到她身無任何法力，脆弱無比，他突然湧起一股陌生的恐懼，忍不住輕輕顫抖。

「聖先生是故意放我們走的。」瀲灩想不通，「為什麼……怎麼了？」她看鄭劾臉色發青，帶著輕顫，「剛他們打傷你了？還是冷？」

「……是、是……」他有些支支吾吾的，「是有些冷。」

「你太依賴護身法力了。」瀲灩念著，車頂的風也著實大。但要進到車裡，又怕有什麼新的變故。她靠近鄭劾，抱著他的腰，「喊輕薄我就把你從車上攢下去。」

意外的，鄭劾居然沒回嘴，只是更靠近她一點，攬著她的肩膀。

互相依偎，瀲灩也暗暗鬆口氣。自從來到這異鄉，就風波爭鬥不斷。前途茫茫，雖然是個天兵監院，也是盡力維護她了。明明之前超不對盤的。

靜默良久，鄭玏期期艾艾的問，「那、那個……瀲、瀲灩……我有種奇怪的感覺……」他羞得臉都紅了，「這、這種感覺，是不是『情』？」

瀲灩正在想他們爭鬥時，其他修煉者像是忌憚著聖先生，沒人敢來混水摸魚，鄭玏的問題讓她想了幾秒才明白。「……你神經喔？這怎麼就是？你把情看簡單了。」

一明白過來，瀲灩就笑出聲音，「你別跟我說，你從來沒動過情哪！」

鄭玏覺得難堪，卻還是堅決的搖搖頭。

瀲灩驚訝的離他遠一點，仔細看著他。她轉了轉念，就了解了。「我聽說你幼年修道。」

「不是，什麼幼年？」鄭玏心不在焉的回答，「我出生前就開始築基了。我爹是憲章宮前任掌門，我娘是憲章宮司戒。妳說他們對孩子會怎麼做？」

瀲灩瞠目瞪他一會兒，「……你一生都在憲章宮？」

「沒有啊！」鄭玏奇怪的看她一眼，「我修道千年就離開憲章宮去歷練了幾百年。但自從我父母度劫失敗以後，憲章宮衰頹下來，我不得不回去當掌門……」

「我的意思是說，你沒跟凡人一起生活過嗎？」瀲灩想弄明白。

「沒有。」鄭劾說得很自然，「我出生就是師叔，身邊怎麼會有凡人？我父母會耗費道行生下我，就是因為憲章宮沒有出色的弟子，有些青黃不接。他們想用最快的方式培養一個掌門出來，幸好我沒辜負他們的期望……」

瀲灩微張著嘴。天下不是的父母多得很，她的父母把她賣入青樓，她很清楚這點。但那是家裡窮得無法謀生，不得不然。生個孩子卻是把他當個接掌門的「工具」，這倒是她聽過最殘忍的父母。

難怪他什麼都不懂，只知道埋頭苦修和守戒。大約除了掌門所需的條件，其他都碰不得也沒時間碰。

倒是真成了憲章宮的一塊金字招牌，八大高手之一。但他連用符和情為何物都不知道。

她原本就易感，多年修為化去，更是豐富。她眨了眨眼睛，勉強忍著才沒哭出來。

「我說了什麼？妳幹嘛哭？」鄭劾整個慌了手腳。

「我、我……」瀲灩哽咽了一下，「我以後不會說你是天兵了。」她緊緊抱住鄭劾的腰，把臉埋在他的胸口。

鄭劾僵了好一會兒，才遲疑的輕輕抱住她。他出生就是未來掌門人，父母嚴格教育，連襁褓中都很少抱他，何況他人！修道幾千年，也磨去他少年時火爆熱烈的心性，淡泊而少人氣，這樣親暱更想都沒想過。

不過，這樣真溫暖。不是什麼法力，卻覺得心都熱起來。

「欸，我……我會保護妳的。」他笨拙的拍著瀲灩，「不要怕。我、我以後也不會說妳是妖女了。」

瀲灩哇的一聲，乾脆大哭起來。

哭了好一會兒，瀲灩才偎在鄭劾的懷裡睡著了。

她和鄭劾不同，即使武藝在身，還是跟凡人相同，容易睏倦思睡。奔波半日，和聖先生交手雖容他相讓，還是使脫了力，又為鄭劾感傷，真真力倦神疲。

鄭劾見她睡著，怕她從車頂栽下去，也不敢放手。他也有些倦了，盤腿坐好，讓瀲灩睡在他懷裡，悄然入定，只分出一絲神識警覺著。

原以為這樣會妨礙他的修煉，沒想到在這種靈氣幾乎斷絕的地方，他反而沉穩靜心，進入一種安詳靜適的境界。

以前修煉，雖然守戒自律，斷絕七情六欲，但依舊存了一分焦躁，再說憲章宮的修煉法和他的性子極不相投，若不是強守一千八百戒，他是斷然修不成的。但他不知道，他的父母也不知道，就憑著一股倔強和戒律，他才有所成就，修煉對他來說是唯一的生存之道，也不知道修煉有什麼好和不好。

但他失去修為，鬆弛了戒律，和瀲灩親近起來，知道凡俗的眷戀和溫暖，剛好合了他少年時的心性，第一回感到服氣入定是這樣舒服快樂的事情。

睜開眼睛，他內觀自己，有些摸不著頭緒。說起來，到這世界他大約能犯的戒律都犯了個周全，只剩下三大戒已成本能。原本害怕這會妨礙他的修行，沒想到反而修煉神速，更重要的是，心情非常愉快，不像過去鬱鬱寡歡。

想破腦袋也想不通，要喚醒瀲灩，又不忍心，只能將風衣敞開覆著她，省得她被風吹著了。

這種感覺其實滿不賴的。他偷偷想著。不知道「情」的滋味會不會更好。

很快的，他臉紅著驅散了這些不該有的想法。一定是修為消個精光的緣故，他在想什麼？情關是修道最大劫數，瞧瞧狐王就明白了。他還想這事兒，不是自己找毒藥吃麼？

想要轉移注意力，他轉頭看著風景。在飛馳的列車頂上看著景物不斷倒退，倒有幾分過往御劍飛行的快感。

他看到一絲白光閃過，然後又是一道，臉孔有些煞白。

方纔在中都車站驚天動地那一炸，的確引起不少修煉者的注意。歿世後的修煉者遠比歿世前多，實在是因為表裡世界的破裂，眾生和裔的能力引發人類的危機感。許多不具備裔天賦的凡人開始從師修煉，而這些躲過災變的老師通常都不是那麼正派的，也讓修煉者的名聲蒙上一層陰影。

但鄭劾遇到的剛好是當中最差勁的一群，所以也把修煉者都想差了。其實追蹤而來的修煉者通常都是好奇，畢竟他們的手法特異，讓人印象深刻，甚至還打敗了法學院的師傅。

雖說是僥倖得手，這些修煉者還是很想知道他們的門派，親近親近而已。

鄭劾不知道他們沒有惡意，趕緊把瀲灩搖醒，小聲的跟她說被追蹤了。

她眼力不如鄭劾，但看白光閃動的速度，推想是御劍飛行。雖然沒有列車快，但列車要靠站上下客，他們也漸漸追得上來。

尤其是新竹站，停得特別久，已經隱約可以看到修煉者的形體了。

「留兩個虛影。」瀲灩細聲，「我們走。」

鄭劾點頭，心底卻沒有很大的把握。他現在法力很弱，擬幻符沒辦法發揮到極真，只能模模糊糊留下兩道身影，有個幾分道行的修煉者都能看破。

但他把這裡的修煉者估得太高。如聖和清泠子這流的高手極少，大部分都讓紅十字會吸納了。若不是倒足了大楣，他們也不會一出門就遇到清泠子那種魔頭，真不知道是幸還是不幸。

鄭劾和瀲灩悄悄的溜下車，等列車啟動，大部分的修煉者都追著虛影而去。但月台上卻有兩個不走，只顧聊天。

「我們先離開好了。」鄭劾謹慎起來，「反正車站又不會跑。」他估量自己應該一敵二沒問題，但怕波及瀲灩。

瀲灩也不想引起注目，點了點頭。他們兩個小心翼翼的逃離車站，沒驚動任何人。

大大的喘口氣，沒想到一出車站，只見一片殘破荒涼，不似中都那樣繁榮。他們兩個傻眼了。

幾個計程車司機上前兜攬生意，他們倆充滿戒心，也不敢搭乘。最後他們躲到附近的便利商店，瀲灩買了地圖和飲料食物，兩個人站著吃起來。

「……風火輪欸。」鄭劾瞪著櫥窗外面，「瀲灩快看，是風火輪！」

瀲灩微驚，探頭出去，有些無奈。「叫你看電視不看，那是腳踏車啦！」她不想理鄭劾，但瞧他一副躍躍欲試、心癢難搔的模樣，想想他蒼白的生命，又有些不忍。

騎著腳踏車的是來交班的的店員，瀲灩客氣的問他，「小哥，請問你的腳踏車哪兒可以買？」

店員看到一個好漂亮的小少女頗有禮貌的問，也一臉笑容，「你們要買腳踏車啊？要去鄰鎮買了。咱們這兒是舊新竹，要新新竹鎮才買得到。」

瀲灩想放棄，回頭看到鄭劾一臉哀求，她又心軟了。「小哥，我們來玩兒，沒交通工具。好不好您把車賣我？」

店員搔了搔頭，一臉為難。他這破腳踏車賣廢鐵搞不好還沒人要，但是他唯一的交通工具，雖然早想買部新的，他又沒錢。

瀲灩見他不語，怕他不肯。她心算了一下，對比糧食和交通工具的價格，掏出幾張大鈔塞到他手裡，「小哥，這樣夠不夠？」

店員眼睛都直了，這幾張大鈔，可以買十台全新的腳踏車了！他只抽起兩張，其他的推回去，「不用那麼多，不用那麼多！」

瀲灩不收，她誠懇的說，「小哥別這樣，還要勞您去鄰鎮買車呢。是我們無禮了，謝您了。」

店員呆呆的看著手底的鈔票，和這對年紀很小的「兄妹」，見他們要走，連忙叫住，「小妹妹，小弟弟！」他追了出去，小聲的說，「你們身上帶這麼多錢，又沒長輩陪著，太危險了。咱們這兒不是好地方，小偷強盜多著呢，錢財要收好啊！」

瀲灩沒想到他追來就為了叮嚀，心頭很感動。她輕輕的搭在店員手上，「謝謝啦，小哥哥。我們會注意的。」

她在異界或許姿色不夠出眾，在這兒可是小美女一個。又帶著股蝕骨的柔媚，這句「小哥哥」差點讓店員軟了腿。他湧起一股憐惜，「小妹妹，真的這兒不是善地，你們玩玩就走吧，其實也沒什麼好玩的……夜裡別出來走動知道嗎？你們找到住處沒有？」

「還沒有。」

店員跑回店裡，取了張民宿的廣告單。「雖然遠了點，但黑狗伯那兒安全。他們一家功夫好的勒，待人又親切，不會漫天要價。別讓其他民宿坑了，那些壞蛋是吃人不吐骨頭的。」

瀲灩接過手，發現還有個簡單地圖，笑靨如花的跟店員道謝，讓他樂得有點發暈。

鄭劾在他們說話的時候，已經弄明白風火輪怎麼騎了，高興得不得了。這世界的法寶真是有意思。

「高興了吧？」瀲灩踏在乘客板上，拍了拍鄭劾的頭，「走吧，有住處了。天也要黑了，咱們休息一夜再走。是說到時候搭火車，這玩意兒怎麼帶？」

「又不一定要搭火車。」他得到新法寶總是非常興奮，只遺憾不能縮小攝入體內，「咱們踩著風火輪，一樣也是去得。」

「還有幾百里啊，我的哥哥，你也不怕累……我可不要跟你輪著騎。」

「交給我就是了啦！」他瞄了一眼地圖，非常興頭的騎了就走。

若他知道前面有什麼等著他，恐怕就不會這麼歡。

＊＊＊

黑狗伯民宿在舊新竹的盡頭，已經算是郊區了。

大老遠的就看到招牌，上面還畫了一隻很神氣的黑狗。他們一路說笑，等到了招牌，兩個人都安靜下來。招牌上的黑狗被轟去了腦袋，痕跡看起來還很新。

更不妙的是，他們還聽到不遠處的民宿傳來法術爆炸和打鬥呼喝的聲音，他們倆面面相覷，實在很想轉身逃走。

瀲灩乍著膽子掂高一點看，不看還好，一看就發寒。所謂不是冤家不聚首，居然是清泠子那魔頭。她原想抓著鄭劾逃跑，但看他攻擊的人居然是妖族，不禁遲疑了。

鄭劾也看明白了，他忍了忍，還是忍不住說，「狐王救了咱們。」

「沒錯。陛下都救了咱們了。」她立刻飛馳而去，掏出袖箭。

這也是狐玉郎的得意之作，小巧玲瓏，可以連發十二箭。裡頭還有他設下的一個攻擊法陣，若有妖力或法力激發，威力可比手榴彈。但即使瀲灩沒有法力，這把袖箭造成的暗器效果也頗為可觀。

她飛快的朝著清泠子射了一箭，驚覺被暗算，清泠子避開了這箭，但卻避不開鄭劾炸過來的青雷。

他翻了幾個跟斗才穩住，正要破口大罵，一看到是這對逃脫的童男童女，不禁大喜過望。

清泠子讓狐玉郎毀了犬神，又找不到童男童女，心知若沒有犬神，要跟狐玉郎對壘勝算很低。一想到要再去尋一千條狗就心煩，突然想到舊新竹有家隱居的妖犬家族。

平時他是絕對不會去惹他們的，但妖犬家的大人回族參加例會，家裡老得老，小得小，想來可以輕鬆得手。雖然妖犬煉犬神初期進展極快，後面就不怎麼好使，遠不如虐殺千犬的怨氣大，嘗過血腥威力能夠增強數倍，但他急著要從狐玉郎手裡搶下那對童男童女，也就顧不得了。

沒想到妖犬家的小鬼老頭卻這樣頑強，費了他許多手腳。他不耐煩起來，原本想抓隻小的煉化就算了，乾脆一不作二不休，準備殺光這口子，剛破壞了妖禁，沒想到被暗算，更沒想到被遍尋不獲的童男童女暗算。

一開始的高興過去，他戒備起來。狐玉郎是否跟著來了？他凝神用神識搜尋，瀲灩卻連發袖箭，鬧得他有些狼狽。

鄭劾也不跟他客氣，沒頭沒腦的青雷白冰通通上了，中間還插了幾個火符，讓他左支右絀。

清泠子原本擔心狐玉郎隱在一旁伺機而動，但看這兩個小鬼打半天，來來去去就那幾招，他試探性的抓向瀲灩，瀲灩反手一劍，在他手上畫出一道血痕，他舔了舔傷，反而寧定下來。

這點本事也敢拿出來獻寶。他冷笑。老狐狸不在，就是這些小鬼老頭都加起來，也打不過他。

他拿出拂塵一掃，就捲起一陣狂風，瀲灩站立不住，向後跌了幾步。鄭劾立刻補上前，手訣掐到一半，清泠子暴雨似的攻擊已至，他只能拔刀扛住，瀲灩又發袖箭滯住清泠子，也拔劍上前邀鬥。

清泠子只用拂塵一揚，就將瀲灩連劍帶人捲了過來，她機警的棄劍滾地而逃，鄭劾擲出青雷，將瀲灩拖到身邊。

清泠子微笑著，拂塵在手上不緊不慢的拍著。鄭劾額上的冷汗緩緩流下。功力高下太懸殊，若不是狐王的靈玉符精妙，連打都不用打了。現在也只是拖時間，這魔頭像是戲耍老鼠的貓，好整以暇的看他們出糗。

更糟糕的是，這樣一輪猛攻，他的法力應付不上來，已經開始覺得虛軟。想要激發靈玉符，居然使不上力，他只能橫起刀，護在瀲灩面前。

「還有什麼把戲，我等著看呢！」清泠子笑吟吟的走過來。

只聽到一聲稚嫩的怒吼，一條黑影飛撲而來，咬了清泠子的小腿。他大怒的將那條小黑狗踢了個老遠，小黑狗慘叫一聲，不知道是死是活。

鄭劾大叫一聲，他對眾生尊重已是根深蒂固，被狐王搭救猶深。那條小黑狗應是犬妖，奮不顧身的來幫他們，卻讓這魔頭殺了，讓他一下子被怒氣淹沒。

他想也沒想，拔出懷裡的黑鐵。這名為槍的黑鐵法寶，自從差點射殺瀲灩之後，他一直不敢研究。所以他不知道這槍的子彈銘刻著滅魔符文，正好是魔裔血統深重的清泠子的剋星。再加上他因怒氣激發法力，更讓子彈的威力加幅。

清泠子修煉到這種地步，已經不將尋常槍械放在眼底。也是他輕忽了，看鄭劾拔槍，還獰笑著抓向鄭劾。

一聲霹靂大響，清泠子一臉不敢相信，低頭看著自己胸口的小洞，裊裊冒著青煙。雖然有法力護身，但這槍命中要害，雖然傷口不深，滅魔符文卻快速的發作起來，對他來說不啻是毒藥。

瀲灩見他不動，立刻追加了一只袖箭，清泠子居然沒有閃過。他怒號一聲，拗掉扎在肩膀上的袖箭，狼狽的敗退而逃。瀲灩扣袖箭想解決他，無奈已經發個精光。

他們倆都軟了腿，緩緩的坐倒。簌簌發抖的互相擁抱，知道自己在鬼門關前晃了一圈。

屋裡發出悲傷的聲音，「外面的客人……麻煩將我的小孫子抱進來。」

面面相覷，他們互相扶持的去看小黑狗。那小妖犬氣息奄奄，恐怕內臟都破裂了。瀲灩謹慎的將他抱起來，鄭劾扶著她，小心翼翼的走進屋裡。

一進屋裡，他們倆張目結舌。

一個老人躺在壁角，兩條腿彎成不正常的角度，眼見是斷了。七橫八豎幾個跟他們現在模樣差不多的孩子，沒一個坐得起來，身上都是血。

算了算，七個人，連她手底的小妖犬，總共八個。最小的不知道有沒有五歲，躺在老人懷裡發著燒，說胡話。

在他們來之前，就已經跟清泠子惡鬥一場了。這些孩子都是半妖，是黑狗伯弟弟的孩子，老人是他們的爺爺，留下來照看他們。清泠子驟然來襲，攻了個猝不及防，幾個孩子都被打傷，爺爺拚得一死，將孩子們帶進來，下了妖禁。正危急的時候，瀲灩和鄭劾插手，這才逃過一劫，但最大的孩子默忠卻奮不顧身的衝出去解救鄭劾，眼下恐怕活不成了。

默爺爺淚眼相對，吃力的伸手，想抱他的長孫。

愣了一會兒，鄭劾七手八腳的開了封陣找萬應丹，倒出來只得四顆，不禁懊惱自負，許久不用座騎，也就沒補充丹藥。

「我怎麼這麼懶？」他悔得要吐血，「這可怎麼辦？怎麼辦？」

瀲灩鎮靜下來，一一審視傷勢。當中只有那妖犬和發燒的小孩傷得最重，尤其是妖犬，萬應丹都未必救得了。她診斷默爺爺，心底登格一沉，默爺爺就算萬應丹也無用了，已經在散功解體的邊緣。

但她還是拿起萬應丹，讓默爺爺和默忠都吃了一顆，發燒的小孩牙關咬緊，吞不下去，她咬碎了藥丹，就口哺了他，小孩兒沒多久就退了燒，臉色和緩下來。

但默爺爺和默忠沒什麼起色，只是呼吸順暢了些。

「把這顆化了水，給其他孩子都喝上幾口。」她抱著腦袋，「我想想怎麼辦。」

幾千年前的記憶要清晰回憶起來，簡直是不可能的事情。但她模模糊糊的記得一點，催逼著自己拚死命的想。不是萬應丹無用，而是他們傷得幾乎死去，已經無法讓藥力發揮了。

她細想了千種方法，都缺乏應有的藥材，急得幾乎走火……也幸好她現在沒有法力，要走火也走不起來。

她低頭看到狐王令，聯想到靈玉符。符學，對，符學。

潋灩跳了起來，「爺爺，你們這兒有沒有正四方形的房間？有沒有？」

默爺爺知道自己命已不長，但看到小孫子無恙，大孫子減輕痛苦，也深覺感激，「恩人，是有一間，在隔壁……」

「鄭劾，來幫我。幫我把人移去那個房間。」她喚著。

喝了萬應丹的水，幾個孩子甦醒過來，蹣跚的過來幫忙，將一家子都挪去隔壁的房間。那是他們的道場，空無一物，也讓潋灩省了些手腳。

她心裡犯難，知道是死馬當作活馬醫。她沒把握這裡的自然精靈幫不幫忙，她的符諭有沒有效。但不拚一下，她睡也睡不安穩。
瀲灩在房間四個角落安下金木土火四個符令，站在房間的正中間，在自己臉上寫下水符。她雖然修為不存，但骨子裡屬陰水。
這是個五行借靈陣，借助五大自然元素的靈氣救死扶傷。但要借到這麼大範圍的靈氣，非有所犧牲不可。她咬牙，劃破自己的手腕，血立刻噴了出來。
「鄭劾，朝我發法力！」她握著手腕大喝。
鄭劾驚呆了，沒想到瀲灩會使這種逆天大陣。當初瀲灩教他這個陣法的時候，還殷殷告誡他不可輕用。
他一凜，馬上發出一道法力激發陣形。瀲灩的血入地就消失，陣法緩緩運轉起來。她心知自然精靈接受了犧牲，心頭一寬，趕緊給自己止血，鄭劾奔過來幫她綁上布帶，看著她的傷口這麼大，心底黯然。
「妳、妳好歹跟我說一聲，我來就好了，妳幹嘛……」他說不出有多難過。
「五行借靈陣有五種變化，水靈主治療甦醒，陣眼得是陰女。你瞎攪和什麼？」失了些血，她有些頭暈，「教了那麼久，你還是記得丟三落四的。」

陣眼不能倒地，鄭劾難過的扶著她，覺得她微微顫抖。

默爺爺和默忠的神色好看起來，總算是搶救了兩條人命。等陣法停止，瀲灩撐不住的跪倒，覺得身體沒半絲力氣，軟得跟麵條似的。

默爺爺雖然不知道這是什麼陣形，但也知道這兩個小朋友豁出命來救他們爺孫。他撐著斷腿，就要跪謝，瀲灩疊聲叫喚，「別、別！鄭劾，給爺爺看看，他的腿要上夾板……我得歇一會兒……」

筋疲力盡，她昏睡過去。

等她醒來時，她正躺在沙發上，傳來一陣陣飯菜香，卻吵得不得了。

「你們懂屁！」一個稚嫩的怒吼聽起來很熟悉，「若不是哥哥姊姊，我們一家都死乾淨了，還等你們救？現在怎麼說的？要我們把恩人交給你們？我們默家是這種忘恩負義的廢物嗎？」

「小狗子，要你大聲？哪那麼巧，那魔頭才來，他們就救了你們？誰知道是不是人類安下的陷阱？我們沒來救？我呸！若不是要救你們這家狗頭，我們會跟宋家那魔道打個熱火朝天，傷了這麼多人？你嘴裡不乾不淨的……」

「夠了！阿忠，不可以對袁大哥這麼沒禮貌。」是爺爺的聲音。

「阿西，誰讓你這麼無禮的？」這倒是個嬌嫩的少女。

瀲灩全身發痛的坐起來，鄭劾在一旁入定了。她有些啼笑皆非。這個天兵監院大約不耐這種爭吵，乾脆入定了事，眼不見為淨。

她有些犯難，看起來妖族和人類的仇結得很深。她身為人類，又不好撇清不是這世界的人。摸到狐王令，姑且一試看看。

「這個……」她一發聲，所有的目光都集中在她身上。什麼大風大浪沒見過，她會怕？泰然自若的舉起玉牌，「我是狐王陛下的朋友。」

「狐王令!?」默爺爺驚呼，整個屋子都安靜下來。

# 第五話

一拿出狐王令，所有人（妖？）看他們的眼光立刻轉變，從猜疑敵視轉變成極度尊敬，反而讓瀲灩茫然了。

她不知道狐王在人間走動時，四處幫半妖的忙。黑狗伯民宿的妖禁可以撐著抵擋清泠子的猛攻，就是狐王留下來的禁制。若不是默爺爺先受了重傷，清泠子就算攻上半個月也攻不破。

在這歿世，最可憐的是半妖和裔。這兩種混血兒基本上有重疊的地方，只是裔通常茫然不知自己的血緣，對人的認同高，受紅十字會列冊保護，但眾生特徵外顯的裔往往飽受人類的歧視。半妖通常都知道自己的血緣，卻不受妖族認同。許多妖族領地不接納半妖，他們只能流落在外，往往成了不肖修煉者的獵物。

當然某些裔和半妖為惡起來也比凡人兇殘許多，只是害群之馬，讓安分守己的混血兒處境更艱難。

這些半妖憤世嫉俗，厭惡人類和純血妖族，唯有慈悲的狐王願意幫忙他們。狐玉郎自從和明琦相戀，雖然沒有留下子嗣，卻垂憐這些半妖，關懷愛護。他甚至在幾個半妖家族立下龐大的妖禁，讓他們能夠抵禦外侮。

他還殷殷告誡這些家族，要善待跟他們相同窘境的半妖。這些半妖這才群聚在一起，共同抵抗採補道的侵蝕。

對他們來說，狐王是至高無上的，雖然狐王從來沒要求他們任何事物。但持有狐王令的人，哪怕是條豬玀，他們也會執上最恭禮，何況不過是兩個人類。

但也不是所有半妖都厭惡人類，默家是妖犬族，長子一脈雖然都是純妖，但次子卻娶了人類的女孩，對人類很有好感。他們開這家民宿一來是舊新竹半妖的消息站，二來是提供人類在這荒涼的小鎮有個安全的居所。

再說，他們也沒辦法拋撇次子留下來的半妖孩子。默家次子早已病逝，媳婦也因傷心過度隨之死亡，留下七個孩子，當時最小的孩子還在吃奶。

默家不肯遷回領地也是因為這樣。但這次長子的幾個孩子要行成年禮，不得不回去領地，沒想到清泠子消息這麼靈通，馬上就攻過來了。

原本已向妖鎮求救，卻沒想到宋臣風帶著同門來支援清泠子。兩路人馬在半途打得難分難捨，好不容易將他們打敗，趕來原本以為得收屍了，沒想到居然蒙狐王的貴客搭救。

等鄭劾睜開眼睛，發現世界都變樣了。這群喊打喊殺的半妖客氣的讓人難受極了，他全身起雞皮疙瘩，問明了瀲灩在哪，趕緊逃了過去。

「他們是怎麼了？」他難過得幾乎要起疹子。

「我們有狐王令。」瀲灩心不在焉的回答，轉頭跟妖鎮醫生討論，「萬應丹沒了，不過給每人喝一點還可以減緩傷勢。可惜我對這裡的草藥一點都不了解，不然留下藥方就好了……」

妖鎮醫生認真分析丹水，輕輕嘆息，「真難為有專為妖族研製的藥丹。前輩，這簡直是仙人手段了。需要什麼草藥，我去尋。我們妖鎮的藥草是很齊的。」

「齊也沒有用，我不懂你們藥草的名字，也怕功效不知道同不同……」瀲灩沉吟，瞧見鄭攰在旁邊又無聊到想入定，想想藉機給他一點機會教育也好。「別玩了，我要弄明白這兒的草藥名字，你也來學點丹藥常識。」

她對妖鎮醫生說，「能不能行，我也不知道。但若你們有的藥草，都捎一些來。我來認，你告訴我名字，好不好？」

狐王令的令主一言，哪有第二句話說？瞬間黑狗伯民宿成了藥舖子，趕回來的黑狗伯都瞪大了眼睛。他感激涕零到一半，只見大堆大堆的藥草送來，差點要淹沒了他的家。

令主要煉丹，轟動了遠近的半妖。要知道古煉丹法幾乎失傳了，還是幾個半妖修煉者去偷學了一點點回來，妖族自己知道的也很淺薄。

瀲灩大方的任人觀看，她知道救不了那麼多人，但這煉丹法門流傳出去，不知道可以活多少半妖，也算是回報狐王救命之恩了。

她花了一個禮拜認藥草，做了一張龐大的對照表。讓她吃驚的是，她所需的藥草一樣也不缺，只是藥力減弱許多。她湧起一股非常古怪的違和感。

不論是動植物還是眾生人類，都和她的家鄉太相似，卻又有太多不同。她甚至懷疑自己是不是誤破時間之世闉，來到毀滅前的歐姆。若不是她對家鄉太熟悉，她真以為是這樣。

這是一個非常相似的列姑射島，像是個仿製品，所以幾乎沒有靈力。

撇開那種異樣的感覺，她開始撿出適合的藥草，準備精練然後煉丹。她的手法對半妖來說，既熟悉又陌生。因為瀲灩沒有法力可用，所以是用凡人的手法煉丹，只是安了一個符陣，求一點天地靈氣的幫助。

她指揮半妖們做了一個丹爐，跟鄭劾要了火雲石生靈火。

鄭劾也讓她勾起興趣。他起點太高，知道的都是一些修道者的高明法門，反而不識這種凡人手段。他不知道凡人無法動用法力，只能求靈氣幫助，所以這個丹爐本身就是個法陣，借用靈火為陣眼，算是大開眼界了。

她慎重的安藥投爐，控制火候，在異界煉出第一爐萬應丹。之後她將丹爐留下，照著對應表寫下許多丹藥藥方，等於給了半妖一個活動醫院。

瀲灩又花了好幾個月給妖鎮醫生們講解藥理。雖然她自己也覺得不好意思，因為多半是修煉中的靈獸藥理，並非真的妖族處方。一來妖族處方人界所知很少，二來這些妖族和她的世界不同，孱弱許多，妖族處方也禁受不起。

但與靈獸溝通救助，原本就是鸞門的特色，更是她的專長。妖鎮醫生受教於她的門下，所得的助益真是太大了。雖然在這兒煉製的萬應丹不如瀲灩原本給的，頂多只有丹水的功效，但瀲灩講解的君輔相濟的原理，讓丹藥搭配許多輔佐的藥草，功效也差不多好，並且可以對症下藥，讓半妖的醫療得到了最初也是最堅實的保障。

原本只敬她是狐王的貴客，但她這樣無私的傾囊相授，半妖們也真正尊重她是令主，不再嫌棄她的人類身分。

這幾個月，鄭劾也沒閒著。除了跟著聽藥理，他閒得無聊，和半妖們「打」成一片，一面磨練自己，一面也指點半妖武術符法。

他們原本是感激狐玉郎救命的恩情，又出於不忍，無意間教了這些半妖一些初步的法門，卻沒想到這初步法門居然發揚光大，原本弱小的半妖得了這些指點和丹藥，居然自成一門，聚集的勢力越來越龐大，後來成了一個半妖獨特的門派。

他們在黑狗伯這兒住滿一年，半妖們都執師禮。這讓瀲灩和鄭劾都自在多了，只是潋滟嚴肅的在妖鎮聚集了半妖。

她在這段穩定的期間，拚命閱讀，默忠還幫她弄了台電腦，教她怎麼連去中央圖書館。總算弄明白了災變的前因後果，也對眾生和人類糾纏不清的愛恨糾葛有了初步認識。

妖族在人世格格不入，原來是借居。這些半妖喊她一聲師尊，她不能就這麼不管。

「諸君，」她小小的嬌容嚴肅，「既然各位喊我一聲師尊，雖然沒什麼本領可以教你們，也請答應我一件事情。」

「師尊吩咐就是。」袁族的族長正是那個嬌俏少女，喚做袁青。她功力最高，大家都服氣她，喊她大師姐。

「什麼族群都有壞人。人類有、妖族有，咱們半妖也有。」她看了全場一眼，「為了這一點點壞蛋，恨上一整個族群，是不對的。我教你們藥理，鄭劾教你們修煉，可我們都是人類。

我在異界有個門派，門派弟子我都要求要照著良心守戒。我的要求很簡單，讓你修煉教你煉丹，不是要你們去擾亂沒有修煉的凡人。既然入我道門，就要守個道心。我知道半妖和人類仇恨很深，我也不能讓你們不恨。但冤有頭債有主，我請你們不要傷害無辜凡人，你們在人世，就要守人世的規矩。」

底下的半妖默然不語。他們吃採補道的虧太大，仇恨結得太深，要他們別去傷害凡人洩恨，還真有點不甘願。

鄭劾卻聽得不耐煩，他師尊脾氣上湧，用了法力大喝，「汝等求道，所為何來!?」

他法力不高，但讓他悟出個偷機取巧的方法。靈玉符裡頭有冰心符，原本是靜心用的，他按在符上運用法力，增幅許多，像是朝著這群半妖頭上淋下一盆冰水。半妖生來都帶著妖力，這個當頭棒喝瞬間讓許多人頓悟了。後來除了法學院實用性的修煉法術，這些半妖反而是最早系統求道的一群，許多人類反而要跟他們請益。

後來妖鎮改名鷰鎮，舊新竹改稱憲章。門徒都自稱「鷰門憲章宮」門人。

很久很久以後瀲灩和鄭劾才知道，有些哭笑不得。

「這下可好，被逼著合籍了。」鄭劾嘀咕著，「還讓蔦門壓在前面，我這面子是要不要呢真是……」

「麻煩你閉嘴好不好？」

＊＊＊

這一年當中，清泠子沒有出現，但宋臣風卻一在帶人來騷擾。

半妖對這兩個令主師尊非常敬重，真是卯起來拚命，往往可以把宋臣風和他的同門殺退，但總是要大費手腳，互有傷亡。

鄭劾看了兩次，越看越生氣。他雖然教了這些半妖一些入門的武功和符法，半妖又有天生的妖力可用，但真是一盤散沙，毫無組織，完全靠蠻力解決，氣得他大跳大叫。

「猴子打架也比這個好看！」他氣壞了，「衝下去一陣亂打？好歹也結個劍陣什麼的，幾時我教出這麼窩囊的一群徒弟!?」

「他們懂什麼是劍陣？」瀲灩漫應著，她正在思索，而且一籌莫展。

她在人間打滾多年才修道，起步異常艱辛。對於人，她算是看透了，也養成了孤僻的性情。是莫言要她修道，她才認真修煉的，不然她一直是無可無不可。

甚至和生靈溝通這個專長，也是莫言得了個玉簡沒參透給了她，她悟了初步，覺得跟生靈溝通比和人類來往有趣多了，這才認真學全，又自行研究了許多靈訣。

那時她已經創了鶱門，學會了什麼，也不覺得有什麼了不起，就隨手教給門人。她這師尊脾氣怪誕，孝敬什麼都淡淡的，不見歡喜，就跟生靈溝通有關的文獻玉簡還可以得她一笑。門徒連死都可以死給她了，何況只是這個？於是資料越收集越多，越發專精，居然成了鶱門絕學，她也不好意思說是誤打誤撞。

就因為她不喜與人來往，劍術是行，劍陣就很一般了。她們鶱門的劍陣真的只是做做樣子，出了大問題，招請妖靈就行了，妖族靈界的前輩都喜歡這個淡然的修道者，也真的很罩著她。

只是幾個前輩會嘆息，「小灩，你家劍陣只能唬唬沒毛的猴子，是能做什麼？」

她也沒打算做什麼。只是現在急切要她整理一套半妖能用的劍陣，實在難倒她了。

鄭劾暴跳半天，自言自語起來，「劍陣？哼，說到劍陣，憲章宮的劍陣可是獨步天下！這些孩子都是我的弟子，難不成我的弟子不能學憲章宮劍陣?!」

他生性最是護短，要不然也不會欺到鴦門去。自己門人被人欺負哪受得了，他立刻拿了個最初步的劍陣修修改改，只花了三天就把這群半妖教會，又逼著他們操練。

半妖們都苦不堪言，還偷偷跟瀲灩訴苦。但等宋臣風再度來襲，這個七零八落的劍陣卻殺得他們望風而逃，宋臣風還差點沒命，不禁驚喜交加。

鄭劾倒不是吹牛，憲章宮的劍陣結起來，渡過劫的高手都要鬧頭疼。雖然是入門劍陣，卻厲害非常。只是再怎麼簡單的憲章宮劍陣，也講究一體同心，宛如一劍，沒個百來年的操練是急不可待的。雖然同持劍陣也是種修煉法門，而且進步神速，但現在這邊七零八落，只能揍揍宋臣風那些不入流的笨蛋，遇到高手，還是兵敗如山倒。

他也知道這道理，但也只能逼著半妖乖乖操練。雖然非常努力，他知道急切也沒用。

瀲灩見他們得這個劍陣，也頗感安慰。她早擔心很久了，怕給這些半妖招禍。她雖不像鄭劾那般外顯的護短，但師尊當久了，特別愛護門人。清泠子挨的那槍雖然沉重，但照那魔頭的功力，一兩年就完好如初。

她想來想去，該教的也都教了，再來想教的，他們也境界不夠。但現下他們學的，夠他們安居樂業了。清泠子也不是笨蛋，沒有利益幹嘛捅這麼大群的馬蜂窩？現在只要將追兵引到北都城去就成了。不趁清泠子傷勢未癒，難道還等他傷好了自己來？

主意打定，她找了鄭劾來，「咱們該走了。」

他嚇了一大跳，「咱們走做啥？還有好多東西沒教他們呢！」

「你要等清泠子自己來抓咱們，順便把咱們收的第一批弟子殺個乾乾淨淨？」

鄭劾語塞，但他沒人氣的修煉了幾千年，頭回真心喜愛自己收的弟子。去了修為，少年暴躁熱烈的性情浮上來，他倔強的一轉頭，「我教這劍陣，就算清泠子和他那幫狗徒弟一起上，也不見得就不成了！」

瀲灩輕嘆，「我知道你捨不得……好傢伙，你也懂得捨不得了……但若清泠子去邀幾個和他差不多的高手來助拳呢？」

鄭劾說不出話來。他習於師門生活，其實不愛四處漂流。這些魯直天真的半妖很合他的性子，他對這些半妖徒弟簡直是溺愛，肯學的什麼都教，也決不容任何人傷害他們。

幾次爭鬥有死傷，在前面他罵，後頭不知道偷偷流了幾次眼淚。

他知道瀲灩說得有理，但他的難過就再也掩不住了，當著瀲灩的面，就哭了起來。

瀲灩嚇了一大跳，仔細想想，反而心酸。這個都快度劫的監院，把他的少年倒過來過了。到了這種境界，才知道溫情，格外熱烈燃燒。怕他尷尬，原本想走開，看他哭得這樣無助，反而走了過去，輕輕摸他的頭。「就是不捨，才要捨呀……」

鄭劾抱著她的腰大哭，連話都說不出來。瀲灩索性坐在他身邊，由著他伏膝哭泣。

好一會兒，他才不好意思的起來，「我、我這不知道是怎麼了……大概是境界倒退太多……」

瀲灩淡淡的，「說什麼話？咱們是一條船上的，你要跟我解釋啥子？你放心，我一個字也不會提的。」

鄭劾心底感激，卻說不出什麼。他心底的難過真是前所未有，窒得他連呼吸都難受。

「咱們幾時走？」他低聲。

「等宋臣風他們再來，我們就順勢走了。」瀲灩靜靜的說。

「那還有點時間，我得把功法寫下來，讓他們好好練。」他又哽咽，「我也得變強才行，護不住這些孩兒……是我這師尊的錯。我、我……」

歷經許多人事，瀲灩倒是比他想得開。但她也幽幽的嘆息一聲，望著天上忽隱忽現的月。

＊＊＊

他們一說要走，驚嚇到這群半妖。

默家最小的孩子更是哭了個驚天動地。他襁褓中就失去父母，雖然伯父母和爺爺很疼愛，但總有些不足之處。這個厲害的大哥哥一來，他說不出有多喜歡，老纏著他。

鄭劾也很疼這個小孩子，常常扛在肩膀上吆喝著半妖練功。現在這個寶寶撲到懷裡，胖呼呼的小手抱著他的脖子，哭得氣都喘不過來，他的心底像是刀在割一樣。

「阿衍，師傅也捨不得你。」鄭劾鼻酸起來，「不走會牽累你們的。」

妖族個性暴烈乖戾，但普遍坦白質樸。他們一起撲上來，又哭又叫，「師尊，沒那回事！」、「誰來我打他！」、「咱們哪裡是怕死的，師尊別走！」

鄭劾掌不住，也顧不得師傅的面子，潸然下淚。

瀲灩淡淡的，「這會兒可不是我告訴了人。」

「誰像妳沒心少肺？我、我忍不住嘛……」

「是是，」瀲灩不跟他爭，「鄭監院，咱們是沒很多時間可以哭的。」

瀲灩開始冷靜的分析，勸散了激動的半妖，領了一些人去安爐，留下鄭劾自己去思考。

這傢伙沒有別離的經驗，大約是破天荒第一次。但他都是快度劫的人了，自己會想得通的，她不擔心。

她擔心的是，醫藥有了，劍陣有了，但使劍陣的兵器呢？這些妖族只憑恃蠻力，武器實在是不忍卒睹。

妖族用的武器和凡兵不同，真的遇到高手，人類的黑鐵也沒什麼作用。她後來看了鄭劾的法寶，發現厲害的不是黑鐵，而是黑鐵裡的鉛子兒。那是很繁複的咒文，不知道用什麼方法咬上去，精細光滑，沒法力的凡人都能用，有點法力更如虎添翼。

這讓她很不安，更決心要留下一點給徒兒們防身的兵器。她情感雖不像鄭劾那樣外顯，骨子裡搞不好比鄭劾還徇私護短。她原想傳套妖器製作的法門，後來還是決定給他們留下基礎。

當初莫言將瀲灩帶在身邊百年之久，對她影響很深。莫言非常重視基礎，認為基礎是一切的根本。當初瀲灩築基非常艱辛，他耐著性子將個花魁鍛鍊成劍俠，靠得完全是苦功。

煉器也是如此。他知道瀲灩外和內剛，是不要人家東西的。他也有意藉機鍛鍊瀲灩，帶著她到凡間開了家打鐵鋪，讓她打了三年的鐵，忍心看她雪白的手結滿厚繭。從最粗糙原始的凡間鍛爐開始，然後才教她修道者的煉器。

「所有的一切，都是從最基礎發展起來的。」莫言殷殷告誡，「理解基礎，才能理解更高深的變化。」

這對瀲灩來說非常珍貴。她原本就記性極好，喜歡學習新事物。莫言的教誨讓她更注重基礎，她雖然算不上一流的煉器宗師，法寶飛劍卻極有特色。妖靈前輩都疼愛這個召喚者，妖術心法不能外傳，煉器製作倒沒這種限制。

所以瀲灩的煉器還融合了某些妖器和靈器的特質，非常別緻，更難捉摸。

她有心傳徒，就會竭盡所能。妖靈制器都講究加上自己的妖氣，更能身劍合一。不管好壞，每個人都要會，自己打造的兵器別人搶去也沒用，自己用卻威力無窮。

按著凡間的規格，她畫了一個草圖，指點半妖徒兒們如何安爐，一面安置妖界獨有的符文。規模宏大，她擔心不知道能不能如期完成。她只能一面指點，一面寫下一些初步煉器心法。

另一方面，鄭劾也把握時間把功法傳下來，幾乎憲章宮的初步心法都已錄畢，心知他犯了憲章宮大大小小不知道幾百戒了。但他現在管顧不得，只怕自己的徒兒們有損傷，巴不得把畢生所學都傳給他們，就算犯滿了一千八百戒也管他的。

即使是最初步的心法，這些徒兒也不能全領悟。說起來黑狗伯因為是純妖，還領悟最多，大約有五六成，袁青大約三四成，其他有兩成的，也有一成都沒有的。

「黑狗，你算大師兄，這些師弟師妹都要靠你了。」他心知時間緊迫，來不及細細教導，「聽著，你們好好參悟，不敢說能蛻變，最少多活些時光沒問題。說不準三五百年後我還會回來……」

他聲音都走調了，「一個都不準落下，聽到沒？誰敢先死了……老子、老子就把他逐出門牆，聽到沒有？」

這下連最冷靜的袁青都掌不住哭了。鄭劾不像瀲灩嚴肅，時時教誨，卻豪邁熱情，最合這些半妖的個性。鄭劾沒要他們別損傷凡人性命，只不屑的說是大欺小，這些半妖徒弟都聽進去了，還奉若聖旨。

他閒聊時說的戒律，也讓他們珍惜的記起來，當作一個標竿和基礎。

他和瀲灩，一個身教，一個言教，卻在無意間教誨出一群自律甚嚴的高手半妖，這絕對是始料非及的事情。

等宋臣風再次來襲時，瀲灩剛在制爐上面寫下最後一個靈咒。最重要的經驗來不及教他們實在遺憾……但也不能再耽擱了。

「阿忠，你來。」她將厚厚一大疊的制器法門交給他，「我瞧過你的兵器，很有天分。這些交給你參悟，師門內的兵器製作都壓在你肩上了。」

想再叮嚀什麼，只覺得陣陣心酸。想說的話還這麼多，該教的東西一件件湧上來。她比鄭劾更捨不下這些孩子。

「還有一口氣，後會終將有期。多多保重，或許將來我還能回來……指點你一些有趣的小玩意兒。」她淡淡的，轉身迎向鄭劾。

他騎在腳踏車上，神情憂鬱，卻有股不顧一切的狠勁。瀲灩知道他現在把滿腔離愁都轉成邪火，看起來宋臣風該倒楣了。

只是她何嘗不是？
她取過徒兒孝敬她的一把長槍，踩上腳踏車的乘客板。「該教這些修煉者一點禮貌了。」

＊＊＊

宋臣風也是被逼急了，不然他也不會自尋死路。
這些妖怪不知道去哪學了那個邪門的陣，而且還越來越厲害。幾次來襲，都被殺個灰頭土臉，他師門損傷極大。
但師尊閉關前淡淡的說，「一年為期。等我出關，我要看那對童男童女安然無恙的在我面前。」
清泠子沒邀人助拳，就是想通吃。他痛定思痛，說起來是自己大意，並不是童男童女有什麼厲害手段。那群半妖不過是一盤散沙，讓宋臣風去威逼一番，說不定就把人交出來。若不肯交出來，憑了他這麼大一個渾沌派，難道還滅不了那群不成氣候的半妖？
若是一起頭，宋臣風就傾巢而出，說不定正如清泠子所料。但宋臣風在派裡名聲不好，人緣極差，幾個師兄弟都有心看他笑話，只派了幾個不成材的弟子隨他去要人。

卻沒想到這群半妖越戰越勇，甚至有了個古怪的劍陣，讓他們吃了大虧。這下子不齊心也不行。清泠子的脾氣大家都知道，宋臣風鐵定逃不掉，他們這些師兄弟也一定會被遷怒，搞不好還會沒命。

眼見期限已過，這次宋臣風調動了全體門人，幾百個修煉者氣勢洶洶的衝到妖鎮地界。

他們才到地頭，發現湧出無數半妖，嚴陣以待。

宋臣風吃過這個古怪劍陣不少虧，不禁臉色大變。尤其這回不同過往，每個半妖殺氣騰騰，威煞兇猛的像是可以摸得到。

從這龐大劍陣晃悠悠的騎出一部腳踏車，說不出有多唐突滑稽，卻沒人敢笑。

清泠子指定要的童男童女，終於現身了。

「欸，宋臣風，」鄭劾停住腳踏車，用下巴看著人，「你屁股那刀還疼不疼啊？」

半妖轟笑起來，沉重的氣氛一掃而空。

宋臣風的臉孔一陣青一陣白。上回他陷入陣中，被黑狗伯在屁股上捅了一刀，將養了一個多月，還隱隱作痛。

「哪有人像你這樣談判的。」瀲灩埋怨，「激得他們衝上來，萬一掛在我們劍陣裡，我們造孽可造大了。」

半妖笑聲更響，渾沌派的人怒容滿面，卻不敢發作。這個古怪大陣實在厲害得緊，明明看起來漏洞百出，但是被困住只見刀光劍影，除非蹲下求饒，不然非死即傷。大半門人都吃過這個陣的虧，一想到要撲進這陣裡，不禁膽寒起來。

「宋先生，」瀲灩等笑聲漸歇，客氣的說，「你要跟我們硬拚硬，怕是要損傷門人，這非你我所願。也不就是要我們二人？這樣好了，我們來個賭鬥。你們若贏了，我們由你們處置。我們若贏了，就放我們走，從此不來干擾妖鎮，如何？」

「……若是你們耍賴呢？」宋臣風心底狂喜，口頭還是要作作威風。

「我跟鄭劾都是一門之長，修道中人，敬天知命，從來不懂『耍賴』這個詞兒。」她傲氣的揚首，顯現出宗師的氣度，「可和你們這些採補道不同。」

「他們懂個屁。敬天知命怎麼寫搞不好還不知道。」鄭劾不屑的噴氣，「瀲灩，這些膽小鬼不敢賭鬥啦。」

宋臣風氣得鬍子都要飛掉，「好，賭鬥就賭鬥！」他曾經抓住過鄭劾和瀲灩，不把他們看在眼底，只是忌憚劍陣厲害。「劃下道兒來！」

中計了。瀲灩和鄭劾得意的對視一眼。

「我讓妖鎮的人倒退一里。」瀲灩泰然自若，「就在我們站的這個地方賭鬥。」

「你們兩個一起上？」宋臣風傲慢的問。

「我們都是一起的……」瀲灩妙眼一轉，「別說我們這些前輩欺負你們，我們既然一起，你們也都一起上好了。」

半妖嘩然，宋臣風也跟著變色，原本以為有詐，但看半妖那樣驚恐，他不禁狂喜，「君子一言，駟馬難追！」

「徒兒們後退。」瀲灩俏皮的笑，「自然一言九鼎。」

半妖不知道這兩個師尊在玩什麼，都驚恐莫名。但師尊的話不敢不聽，他們緩緩退了一里，卻個個按著自己兵器法寶，決定情形不對就衝上去，管他什麼鼎不鼎。

發一聲喊，宋臣風帶頭衝上前。

「鄭大監院，勞您啟動陣眼。」瀲灩小聲的說，依舊立在乘客板上，「還得勞您當當我的座騎。」

「誰要當什麼笨座騎啦？」鄭劾邪邪的笑起來，「你知道嗎？腳踏車舊稱鐵馬。妳在講那個啥妖器的時候，我偷學了一點點。」

瀲灩低頭，發現這台腳踏車居然隱隱有了一絲鄭劾的法力。這個宗師級的高手別出心裁，居然在踏板繪了兩個靈符，雖然微弱，卻不用踩也能自行驅動。

「滑頭！」瀲灩笑罵一聲，鄭劾大笑，看宋臣風等人都踏入範圍內，啟動了陣眼。

只見四個方位突然冒出四道顏色不同的光，立刻融入大氣中隱約不見。幾百個修煉者突然跌倒，驚恐的站起來，發現沒受任何傷害，卻什麼法術都發不出來。

宋臣風知道這是法陣的一種，但能夠將這麼多人的法力一起封印起來，還真是前所未見。

他膽氣一寒。其實他已經算是高手了，卻一點都沒有察覺法陣該有的法寶。他卻不知道，根本就沒有什麼法寶。當初狐王幫他們刻靈玉符時，除了攻擊性的符以外，還做了幾張純屬性的符，本來的用途是拿來集聚各屬性靈氣，方便修煉用的。

哪知道，瀲灩靈機一動，把這玩意兒拿來替代令旗。她畫了幾個符當輔佐，用一個靈玉符當個小陣眼，總共五個小陣，埋在地底下，不發動根本看不出來。

等鄭劾激發了主陣，幾個副陣也跟著運轉起來。這不是殺陣，而是禁陣。威力雖然不大，清泠子大約用小指就可以破掉，但他教的徒弟實在差勁，恐怕還沒他的小指指甲厲害，對付這幫二愣子，實在太過頭了。

他們被困在這個倉促而就的禁陣，法力被封，還走不出範圍內。

想要離開，恐怕得先擒住這兩個小鬼。他們不約而同的想到這點，目光狠毒起來。

但這對少年少女卻笑笑的，騎在腳踏車上，悍然不懼的面對數百個人。

「沒了法力……你們只是數百隻人形螞蟻。」瀲灩揚起長槍，鄭劾拔出腰刀。

這兩個一代宗師發出了稚嫩的怒吼。

# 第六話

半妖們幾乎不相信自己的眼睛。他們知道師尊很厲害，但沒想到會厲害到這種地步。

只見一輛破腳踏車載著一對少年少女，勢如破竹的攻入數百人中，縱橫如入無人之境，不時還有慘叫的修煉者飛了起來。

瀲灩和鄭劾這回都動了真氣，窩囊太久，一發洩出來不可小覷。渾沌派門人雖都學了些武藝，不過是用法力代替內力欺負小妖怪罷了，哪比得上這對宗師級高手根基紮實？

若不是他們倆謹守道法，避免傷害人命，這些採補道死個三百次還不夠找。即使不殺人，渾沌派門人倒是結結實實的挨了一頓皮肉之苦。

瀲灩不輕易動怒，但讓她火起來，連鄭劾都感覺到她的濃郁殺氣。她將一根長槍舞成銀蛇，挑打揮劈，腳踏車衝到哪，就倒下一大片抱著腦袋的倒楣修煉者。鄭劾的腰刀也不是吃素的，他專戳大腿，深諳戰鬥之道的他明白，面對群毆就是讓敵人動彈不得。既然不想殺人，那就得讓他們走都走不動。

「你也戳下面點，砍小腿不就好了？」瀲灩一面酣戰，一面勸著，「一時失手，害人家絕子絕孫，那多傷害天和。」

「大腿肉多，好得快……哎唷，對不住，沒傷到你子孫袋吧？我跟瀲灩講話，沒留神，抱歉抱歉……」

他們倆真要打趣起人，真是會將人活活氣死。這批渾沌門人被揍得火冒三丈，叫苦不迭，更被他們打趣嘲諷的話氣得幾乎走火。

打足了一個鐘頭，一騎雙少年（一腳踏車雙少年……）就打得全渾沌派的人沒一個站著的，個個鼻青臉腫，衣破鞋歪，有人摀著腦袋，有人摀著褲襠，只敢哼哼，沒一個敢罵出聲音。

他們打過癮了，笑咪咪的倚馬而待（呃，倚腳踏車而待）。陣法的效力快過去了，瀲灩有些遺憾的搖搖頭。這地方的靈氣太弱，若在他們家鄉，這陣法運轉個十天半個月也沒問題，這兒頂多可以維持一個小時左右。

「宋先生，是我們贏了吧？」她滿有禮貌的問，「以後不要來騷擾我的徒兒們了。你們若要我們倆……還是請自己追來吧！」

「也要他們追得到。」鄭劾冷笑一聲，拍拍腳踏車，「風火輪，我們走了。」腳踏車真的自己跑了起來，真符合了它另一個名字，「自行車」。

宋臣風大急，但也無可奈何。他感覺到陣法弱了，法力又可運用自如。無奈被揍得這麼慘，得花點時間恢復。這兩個小魔頭跑了，他要哪裡追人去？

沒想到他們兩個又回來，他又喜又驚，趕緊抱住頭。

那副蠢樣把瀲灩鄭劾逗笑了，鄭劾擦擦笑出來的眼淚，「老傢伙，你真逗得緊……聽說宋家的人都英明神武，還出了個救世主，怎麼會有你這種廢物？」

這戳到他的痛處，立刻臉色大變。

當初他羨慕堂叔成為禁咒師，一心學道，但堂姑明琦卻拒絕他。「小風，修道是修心，連我都不敢修。你爭強好勝，不顧一切，不是學道的材料。」

他轉求其他長輩，長輩都用類似的理由拒絕他。他這才大怒離家出走，機緣巧合的成了清泠子的徒弟。但他努力修煉，到現在只能長生，卻不能不老。而沒什麼修煉的堂叔卻因為得了個應龍寶珠，就能不老不死，讓他更因嫉妒而忿恨。

但他修煉這麼久，卻連眼前這對小鬼都打不過。

鄭劾根本不在意他怨毒的眼光，「老傢伙，別裝死了。陣法已經停了，你們也該趕得上吧？只是這幾個靈玉符不能便宜你們……」

他祭起一個手訣，靈玉符破土而出，飛到他手底，一點灰塵也沒沾上。「快唷，慢吞吞可追不上我的風火輪啦！御飛劍還輸我的腳踏車……傳出去難聽哪！」

那輛腳踏車不甘示弱的人立，只差一聲馬嘶。鄭劾大笑著載著瀲灩，笑聲充滿了輕蔑。

「鄭大監院，你把你的腳踏車弄成精了。」瀲灩輕嘆，「你讓這麼大的門派面子怎麼過得去呢？」

宋臣風氣得差點炸了頭蓋骨，一躍而起，不顧傷勢的喚出飛劍就追，鼻青臉腫的渾沌派門人也不敢躺著裝死，深怕將來清泠子出關無法交代，歪歪斜斜的駕著劍光，就追了過來。

他們倆倒不是完全存心刻薄，只是這些人都修煉有段時間，真讓他們傷勢痊癒，換這兩個一代宗師死定了。唯有激怒他們，讓他們抓狂追來，無暇養傷才是上策。

反正腳踏車所需動能很低，這兩個靈訣起碼可以運轉個一年半載，不用加油。他們也就不緊不慢的引開渾沌派的追兵。而且這些人都帶著傷，御劍飛行一小時有十公里就很了不起了。他們還可以停下來休息吃個飯上個洗手間，才看到大群劍光慢騰騰的飛過來。

「清泠子很不會教徒弟。」瀲灩感慨，「教出這樣的徒弟未免丟臉。」

鄭劾深深認同，「給我個十年，阿衍那娃兒都可以打得這些笨蛋滿地找牙。」

他們不約而同的搖頭，好整以暇的驅使腳踏車往前而去。

原本瀲灩打算能逃多遠逃多遠，留下一些氣息讓宋臣風去追蹤就好，沒想到鄭劾幾乎成精的腳踏車這麼行，她也就這麼帶著大批高手逛大街。

這麼多御劍飛行的高手不可能不引人注意，她在這一年學了頗多，知道修煉者沒鬧出大亂子是因為紅十字會。她對紅十字會的人印象很深刻，聖先生之前就是紅十字會的人，那個黑鐵法寶也是紅十字會的東西。

若紅十字會真的在維持秩序，絕對不會放任不管。

果然，第三天就出現了幾個高手，攔住渾沌門人盤查。宋臣風咆哮的搬出宋家的身分，他們也不為所動。

瞧渾沌派被難住了。他們倆輕輕鬆鬆的轉了條岔路，繼續往北走。他們現在離北都城已經很近了。

但他們沒直接進北都城，反而故意一路留下氣息，先到了北都城的衛星都市。這是個舊稱板橋的地方，現在叫做大橋市。在災變中，連結到北都城的大橋奇蹟似的沒有倒塌，因此得名。

「……好像有橋靈。」鄭劾遠眺那座大橋，「但我分不太出來。」

「應該吧！」瀲灩看著地圖對照，「過橋就是北都城了。」

他們在橋的附近耐心等候，待宋臣風等尋來。半妖們說，北都城雖然沒了管理者，魔性天女又已獻身，但餘威猶存，紅十字會的總部就在這裡。裡面很多高人隱士，採補道基本上是不敢擅入的。

瀲灩就是賭這個城市可以給他們庇護，所以要在宋臣風面前進入都城。這樣才能夠徹底引開渾沌派去找他們的徒弟麻煩。

等了幾天，鄭劾臉色發白，抓著瀲灩，吹了聲響亮的口哨。那輛破腳踏車響了幾聲喇叭，氣勢萬鈞的衝過來。

「……你真把你的腳踏車弄成精了……」

鄭劾二話不說，扛著瀲灩就跑，將她扔到乘客板上站著，他居然掐著手訣，緊張兮兮的往橋上衝。

「你是怎麼了……」瀲灩回頭，臉孔比鄭劾還白。追來的不但有宋臣風，還有他那魔頭師父清泠子。

「他這麼快就出關了？」她喃喃著。

見他們要進都城，清泠子顧不得會不會弄死這對童男童女，舉手就是光雨。只見劈哩啪啦像是冰雹的玩意兒飛了過來，卻每下都在地上砸出一個深深的小洞。這橋車水馬龍，有些車子挨了光雨，就轟然一聲爆炸了。

清泠子當然知道會引起紅十字會的干涉和通緝，但他實在太想要這對童男童女，是死是活都要弄到手。他打定主意，一得手就逃得遠遠的，找個僻靜處閉關，紅十字會神通再廣大也找不到他。

鄭劾雖然靈巧的閃過光雨，但腳踏車卻被衝擊的開始撇輪。他又急又痛，這輛腳踏車雖然是他好玩弄出來的產物，但給了它靈識以後，他就非常喜歡。傷了他心愛的法寶，又亂殺凡人，讓他氣得拿出靈玉符。

「不！別動！」瀲灩對他大叫。她雖然缺乏法眼，但和妖靈的感應很深。她感到整座橋都無聲的咆哮起來，深深感覺戰慄。

清泠子的攻擊，引發橋靈的憤怒了。

橋靈屬於都城的一部分，是魔性天女的彩帶，讓魔性天女薰陶已久，有了靈性。不干涉平衡，橋靈也就默然的矗立。但清泠子居然用逆天法術在她之上濫殺生靈。

她是在災變中保住一方橋樑的物靈，瞧清泠子像是一隻蒼蠅。光光氣流的禁就讓清泠子倒栽蔥的跌到橋面，別談要使什麼法力。

清泠子不甘心，徒步去追，每走一步就虛軟一分，整個都城殘存的意志都壓迫過來，他幾乎要跪倒，精神整個發出響亮的聲音，就快要破碎了。

他連魔性天女殘存的氣息都抵抗不住。

這也是採補道不敢擅入都城的主因。魔性天女還存活時，還能壓抑這種強烈排斥的氣息，交給管理者處理。但魔性天女獻身消逝，殘存的氣息排斥強大的逆天法術，修為越低，殺氣越輕，越不受影響。但清泠子整個是戾氣擰出來的人物，又狂妄的在都城的橋上使用極大的逆天法術，受到的傷害反餽更強烈。

他非常懼水，但快被都城氣息逼瘋，他也管顧不得了。立刻從橋上跳了下去，一口氣游到大橋市，抱著腦袋簌簌發抖。

有了這兩個童男童女，他要度劫就有絕對的把握，他知道這種機會可遇不可求，所以說什麼都捨不下。但都城的意志太可怕，他也不敢再次進入。

無法可想，他只能令門人在都城出入口看守，準備跟他們耗下去。

他們倆看著清泠子被迫著跳橋逃生，臉孔都發青。

既沒有陣法，也不是什麼禁制。不過是物靈的意志，就可以讓個魔頭幾乎精神崩潰。要知道那魔頭修為實在不壞，他們倆全盛期當然可以輕鬆掠倒，但清冷子想逃，他們也未必真的拿得下。

在他們那邊，也算中上水準。而物靈尚未蛻變，不到靈族的地步，卻威厲兇猛到這步田地。

瀲灩驚駭更甚於鄭劾。她感覺得到，橋靈連凝形都還辦不到，而城靈更是毀滅到只有殘留的氣息。橋靈城靈這類物靈，經過長久歲月修煉蛻變的雖然不能說沒有，但數量很少。

而且靈族一般個性冷淡安靜，從來不曾見過這樣暴躁熱烈的未蛻變物靈。

她有些明白為什麼半妖們提起都城的城靈，都會敬畏的說是「魔性天女」。從她殘留的氣息就可以感到那股奇異的魅力和暴戾。

一個非常奇妙的都市。應該冷淡萬事不關心的城靈，居然自斷與大地間的臍帶，奉獻自己，保下一方島嶼。應該連情緒都沒有的橋靈，卻憤怒的驅趕逆天的冒犯者。

這實在太奇怪了。

他們懷著一種強烈的敬畏，老老實實的騎著腳踏車，步入都城的的範圍。

大橋進入都城後，在寬闊的大馬路上，設了關卡。事實上是個收費站似的檢疫站。

災變後三十年，都城爆發了一次大規模的暴動，被稱為「災後水晶之夜」，甚至驚動了禁咒師入城禳災。病毒零的肆虐和人類暴徒的瘋狂，讓位於都城的紅十字會總部受到巨創，損失許多優秀的員工和眷屬。

從那次起，紅十字會痛定思痛，花下巨資徹底整頓都城，災變後四十年，意外得到「13疫苗」，病毒零的毒性漸漸減弱，不再是感染後就絕望的疫病。

這個檢疫站就是「水晶之夜」後的產物。一開始是為了檢疫，等病毒零的威脅較輕後，成了監控進出成人類和眾生的前哨站。不管是妖族還是半妖，裔和特裔，甚至只是尋常人類，也在監控範圍內。

這樣厲行之後，都城所有疫區都已經清理完畢，災後五十一年宣布脫離疫區警報。為了保持這個成果，檢疫站即使有「妨害人民自由」的諷議，也一直沒有撤掉。

所有車輛行人要進入都城，都得停一停，經過掃描分類儀。掃描分類儀會將進出行人歸檔，顯示身分證ＩＤ，除非是通緝犯或感染者，通常都不會阻攔。

至今，災變已經過了六十餘年。看守檢疫站的通常是紅十字會的實習生。此時正是早餐時間，大橋發生爆炸事件，跟他們這些實習生沒有關係，學長自會去處理，他們一面吃著燒餅油條和豆漿，一面好奇的傳著八卦。

當中一個實習生瞥見螢幕，在數個分類中，原本應該空白的「純血人類」，卻孤零零的掛了兩個名字。他咬在燒餅上，驚愕的維持同樣的動作幾秒鐘。

「那個……小伍，分類儀是不是又故障了？還是當機？」

「阿楠，你神經喔？」那個叫做小伍的實習生嗤之以鼻，「昨天才調校過，哪有可能？你看到啥……」他好奇的探頭看螢幕，差點把豆漿潑在阿楠身上。

這世界上，有純血人類沒錯。將紅十字會從瓦礫堆中重建的，就是那位純血的禁咒師。現在他從紅十字會卸任了，專心當禁咒師，是為榮譽會長。

大家都知道，這是唯一的純血人類。

但現在，螢幕上卻出現兩個，還有身分證ＩＤ。

他們還在發愣，檢疫站站長卻大喊大叫的衝出來，他在機房看到了這個奇蹟，全身發抖，「人呢？人呢?!」

「……站長，什麼人？」小伍怯怯的問。

「笨蛋！當然是那兩個純血人類！彌賽亞、繼世者！」站長整張臉都漲紅了，「快把他們帶過來！」

「可、可是……」小伍摸不著頭緒。純血人類很希罕沒錯，但他們既不是通緝犯，也不是帶原者，這樣蠻橫的將人帶來，實在沒道理。「為什麼呢？他們沒有……」

「叫你去就去！」站長大叫，驚覺自己失態，他深深吸了口氣，「這是上面的命令，只是要跟他們談談而已……快去！」

小伍和同僚對視一眼，硬著頭皮去追那兩個純血人類。

當小伍駕著滑板從空而降時，把瀲灩和鄭劾嚇了一大跳。小伍也吃了一驚，沒想到是這麼漂亮的兄妹。

「呃，小朋友，嚇到你們了？」他看起來也沒比這對兄妹大多少，剛剛從法學院畢業不久，「不好意思，我是紅十字會的人，我姓傅，傅伍。」他手忙腳亂的給他們看證明章，「我們站長想跟你們講幾句話。」

瀲灩和鄭劾對視一眼，瀲灩開口說，「我們有身分證的，也沒幹什麼壞事。」他們孝心十足的半妖徒兒都幫他們想得好好的，弄張身分證是小事情。半妖在人間沒有戶籍，圖行動方便，早就是偽造各式各樣證件的高手。

小伍連連揮手，「不不，不是你們有什麼問題。」他搔搔頭，「我真的是紅十字會的。我們站長說上面有令，要請你們過去講幾句話而已。你們不要怕，我真的不是壞人……」

瀲灩沉吟起來，鄭劾瞧見他那個飛行滑板就直了眼睛。她無奈起來，「別像狗兒看了骨頭……擦擦你的口水！」

「沒有嘛，只是好奇……很有趣的東西欸……」

她嘆了口氣，細細想著該怎麼辦。

對紅十字會，瀲灩是很有好感的，連她那批討厭人類的半妖徒兒，都不太情願的承認紅十字會的人是「公務員」、「認真辦事」的。甚至含蓄的暗示，若遇到什麼難關，不妨跟紅十字會求救。

這北都城，是紅十字會的大本營。雖然她急著去找上邪，但也不想一進城就得罪了此城最大的勢力。

小伍這樣青澀誠懇，讓她的戒心去了大半。而且鄭劾還跟小伍稱兄道弟起來，就想看看他的飛行滑板，也讓她不知道怎麼拒絕。

「……就說幾句話。」她點點頭，「我們監護人還在等我們呢！」

小伍鬆了口氣，隨行的車靠了過來，很客氣的將他們載回檢疫站附近的檢疫大樓。

原本瀲灩還有些擔心，是不是搶了黑鐵的事情東窗事發。但傅伍一個字也沒提，連迎上來自稱站長的中年人也沒提，只是一臉高興得快哭出來的將他們迎進去，還馬上派人送上大堆果品甜食，親切的讓人有些難受。

瀲灩覺得，她再不開口，這位站長先生快要跪在地上親吻她的鞋子或地板了。

「請問……」她小心翼翼的開口，「站長先生找我們要問什麼話呢？」

「哦，其實沒有什麼事情……」站長一臉討好，「在這歿世還可以看到純血的彌賽亞，真是神蹟！你們住哪？幾歲了？有沒有宗教信仰？爸媽怎麼連絡呢？」

瀲灩心底的怪異更盛，但又不好打出去，雖然她難受到滿想這麼做的。鄭劾只顧著和傅伍聊飛行滑板，根本不用指望他有什麼良好見解可以解圍。

「……呃，我們父母都過世很久了。」這倒沒有說謊，她和鄭劾的父母過世幾千年了，說起來也真的滿久的。「我們是來都城依附我們的監護人。」

「監護人住哪？怎麼連絡？有電話嗎？」站長搓著手，滿面紅光，「這一定是神的指示！請讓我跟你們監護人談一談，如何？」

電話？說真話，電話是什麼，瀲灩是知道，卻從來沒有使用過。狐王只給了他們地址，電話號碼還真的沒給他們。玉郎也忘了這事情，他習於神通，要找上邪還不簡單，千里傳音就是了。他倒忘記這對小友沒這麼大的本事。

「……我只有住址。」她尷尬起來。

「有住址就行，就行！」站長更巴結了，「我讓手下去查，馬上查！」

雖然隱隱覺得不妥，但陷入這種打不得的困境，瀲灩也不知道如何是好。雖說出手不打笑面人，但這樣卑躬屈膝的笑面人實在讓人很痛苦。她只能指望上邪君趕緊救他們脫困。

現在他們在身分證上，一個十三歲，一個才十五。沒有監護人真是寸步難行。瀲灩第一回感到身為兒童的不便。

她給了上邪的地址，沒多久，立刻就把電話接通了。站長原本要開口，想想趕緊恭敬的把電話給瀲灩，在旁邊垂手而立。

他們要不就認錯人，要不就是誤會了什麼。瀲灩拿起電話，學著電視的對白，「……喂？」

「幻影咖啡廳，請問找哪位呢？」電話那頭是非常輕柔的女聲。

雖然電視上看過，瀲灩還是微微嚇了一跳。「呃，我、我找上邪君。」

「找老闆？」輕柔的女聲離遠些，嬌聲喊著，「老闆，你的電話！」

「找我？」一個極度不悅的聲音問，「喂，我是上邪。你誰？」

「上邪君，」瀲灩小心的說，「是狐玉郎先生要我們來找你的。我是瀲灩……」

「你們是迷路到哪去啦?!」上邪的大嗓門震得瀲灩耳朵有些嗡嗡叫，「狐家小兒郎跟我說了快一年多，你們就是不見蹤影！有那麼遠嗎？中都到北都而已！你們在哪？」

瀲灩甩了甩頭，試著甩掉暈眩的感覺。「呃……我們讓檢疫站的站長留下了……」

「紅十字會檢疫站？」上邪的聲音變冷，「紅十字會的小鬼頭敢扣留我的人？明峰那小鬼是怎麼教手下的？」

「也不是扣留。」瀲灩硬著頭皮，「站長說想跟我們監護人談幾句話。」

「他要談？」上邪冷笑兩聲，「我這就去跟他談！哪個站？」

問明了是哪個檢疫站，上邪忿忿的摔了電話。抱著只剩嗡嗡聲的電話，瀲灩有些歉意的轉頭，「……我們監護人說要親自來跟站長談。」

「太好了，太好了。」站長笑著說。

不過五分鐘後，他就不確定是否「太好」。

因為那個暴躁的聖魔上邪君，粗魯的破掉檢疫站的六層防護，一路殺進站長室。雖然末日之時，他幾乎將所有神通耗盡，但手段和氣勢都還在。雖然沒有變回真身，依舊是銀髮美少年模樣，但這個兇猛的角頭大妖，還是一方之霸，他進門就先打垮了桌子，殘骸還沒落地，就讓他張口噴出的雷火燒得連灰都不剩。

「是誰想找我的孩兒麻煩？」他環顧四周，美麗卻兇暴的眼睛盯著站長，「是你嗎？」

站長讓他的威勢壓迫得腿軟，不知道該說是還不是。他千想萬想也沒想到，這對彌賽亞的監護人居然是都城大妖上邪。

連禁咒師都特別囑咐，不可隨便干擾聖魔。「別說我沒提，你們惹了他，死是不會死，恐怕比死還難過。遇到他呢，最好繞著走，省得皮癢。」

「上、上邪君，」站長陪笑，「沒、沒找麻煩。只是彌賽亞又出世，我、我只是……只是想談談、談談而已……」

「談什麼？」上邪冰冷的在他身上溜了一圈，露出一絲冷笑。「談怎樣『挾天子以令諸侯』嗎？別欺負老子都關在咖啡廳揉麵團，有什麼我不知道的？特別知道你們這些新使徒想些什麼爛主意！明峰不聽你們擺弄，找兩個小孩子擺弄？去你的！」

他威勢更盛，僅用目光就讓站長整個趴下。

站長恨極，卻不敢說話。只是暗暗的記恨，思忖著怎樣回報團裡。

「早跟明峰說過了，那些無用宗教該剿滅了。無蟲教給的教訓還不夠？他偏愛仁義道德，說什麼宗教自由。格老子的！趁老子閉關在都城瞎鬧，搞什麼水晶之夜?!也是他們命大，剛好老子閉關，不然殺得乾乾淨淨！別說我不給你們榮譽會長面子！」

他囂張的拂袖而去，一手一個，瞬間消失了蹤影。

站長恨恨的站起來，吐了口口水。斥退了部屬，飛快的發了一封e-mail。

＊＊＊

上邪帶著他們穿越最近的十字路口，進入幻影咖啡廳的領域。

這其實是個龐大的迷陣，和城市的氣息相呼應。當初狐影來這兒當守門人，魔性天女喜歡這位狐仙，特許他在這兒布下迷陣，開了眾生流連的幻影咖啡廳。但因為人類混雜了眾生血統，偶爾也會有人類迷途進來。

瀲灩第一次看到物靈和妖力結合的迷陣，頗感驚嘆。但更讓她驚嘆的是，這位狐王口中可以托付的「大妖」上邪。

在他們世界裡，上邪並不能分在「妖族」的分類。他氣息奇特，雖然混雜了多種血統，卻應該是屬於魔族中的「白魔」。

在他們那兒，魂魄修煉後蛻變為魔。但不是只有人類有魂魄，只要是能呼吸的生物，死後皆有魂魄可修煉。但死魂亡魄帶著的意念不同，就影響到他們蛻變後成為「黑魔」或「白魔」。

黑魔主殺、毀滅，白魔主生、創癒。黑白魔族都在魔界，互相征戰不已，而白魔略占上風。這也是屢遭劣勢的黑魔想來人界開闢疆土的主要原因。

魔道相爭已久，道門中人對魔界敬而遠之，對待白魔亦然。但瀲灩既然擅長與生靈溝通，當然不會放棄白魔一族。只是不能光明正大的來往而已，她說不定是人界最了解白魔的人。

白魔種族眾多，互相婚配不禁。她眼中的上邪就是混血白魔，雖然同樣有些許弱化，卻不是什麼大妖。

而且這個混血白魔還有致命傷在身，影響了他的神通。

上邪將他們放下，推開幻影咖啡廳的大門，「在我的地頭上，就算那些笨蛋使徒也不敢動你們。狐家小兒郎硬氣，從來不求人。你們得他求一句，說不得我也得罩你們。別到處惹事，真惹事了也不用怕，老子給你們靠！」

瀲灩笑起來，鄭劾也覺得頗新鮮。他倒是很喜歡這個囂張的大妖，真性情，夠氣魄。「上邪前輩，我們不會隨便惹麻煩的。」

「你們的血緣就夠麻煩了，還需要惹？」他哼笑一聲，引他們走到吧台，開始煮咖啡。「說說看是怎麼了，需要走上一年多？」

鄭劾跟他解釋，瀲灩還在思考。

上邪卻越聽越怒，將煮好的咖啡重重一頓。「清泠子是什麼玩意兒，連玉郎的人都敢碰?!改天換打起我來了？當我們這些老骨頭都是死人不是？」

「上邪君，」瀲灩開口了，「您舊傷未癒，還是不要輕易動怒的好。」

她這話一出，整個咖啡廳靜悄悄的，所有的眾生客人都驚愕的看過來。上邪在末日使盡神通後，得了一個奇特的內傷，這些劫後餘生的熟客出盡百寶，就是沒辦法把他的傷醫好。

幻影咖啡廳對諸眾生來說，是個非常特別的存在。災變突起，大半的親友故交，都填了地維。他們這些還活著的眾生，不是因為功力太弱，就是家有老小，或者在災變中受了傷，或是抽籤輸了。

從瓦礫堆爬出來，家破人亡，真真欲哭無淚。等發現幻影咖啡廳還在，像是看到親人一樣，只能伏案痛哭。這裡成了他們最後記憶的故鄉，店主說什麼也不能死的。

上邪這個傷，都是他們心頭一個隱患。他每隔幾十年就會突然倒地昏睡，跟死了沒兩樣。災後二十七年，上邪頭回發作，把翡翠嚇個半死，差點就效法了羅密歐與茱麗葉。幻影咖啡廳關了十年，上邪也整整睡了十年才甦醒。

熟悉藥理的熟客在所多有，他們雖然看不出詳細，也知道上邪這傷是消耗症，每發作一次就會越弱。但不管是怎樣上好的丹藥，就是無法治療。

這個擁有狐王令的小姑娘開口就語出驚人，難怪他們會如此震驚。

「這傷，妳知道是怎麼樣？」菟絲收起輕視人類的心，可謂之病急亂投醫，客氣異常。

「若能治，還請小姑娘幫幫忙。」野雀也作了個揖。

其他熟客七嘴八舌，都請瀲灩幫忙，漫天的亂給好處。

「你們夠了沒？」上邪不耐煩的趕人，「又不是什麼大病，睡睡就好了，吵小孩子幹什麼？」

「誰是小孩子還不知道呢……」鄭劾嘀咕著，被瀲灩一拐子悶住，只好將臉轉開，端起眼前的咖啡，大大的喝了一口。

菟絲驚慌的阻止，但已經來不及了。

鄭劾立刻將嘴裡的咖啡吐出來，像是喝了一口岩漿。吞下去的小半口，攪得他的胃翻滾起來。

「洗手間在那邊。」野雀同情的指了指方向。

鄭劾來不及說謝，衝到洗手間，驚天動地的吐起來。

「……上邪，你能不能給杯水就好？」菟絲頽下雙肩，「你的咖啡連妖怪都會胃穿孔，何況一個嬌嫩的人類小孩？」

上邪不耐煩的頓上一大罐胃腸藥。

瀲灩聰明的將咖啡推遠點。她現在跟凡人差不多，喝不起這樣厲害的飲料。

「……上邪君的傷，我不敢說能治。但類似的傷我見過，說不定能夠有些幫助。」

# 第七話

瀲灩之前曾經救過一個白魔，將他隱匿在後山，費了百餘年的光陰才讓他痊癒。她關於白魔的知識大半由那位名為「燄熾」的白魔所授。

燄熾是與黑魔爭鬥時，重傷之餘，順著一條偶開的通道逃到人界。被一群不分青紅皂白的修道者追殺，是瀲灩出手相救才得以活命。

白魔向來心高氣傲，真正的白魔高手，並不次於神靈，難怪他們會自稱聖魔。燄熾原本拒絕瀲灩的救助，瀲灩提議交換知識，他才勉強接受。但相處了百餘年，燄熾也和瀲灩成了好友。

魔族的氣海獨特，和眾生皆不相同。他們的氣海宛如一個精緻的琉璃盞，蘊藏極為洶湧的力量，源源不絕。但精緻的氣海在殆死的重傷中若受創，就極難痊癒。

燄熾就是氣海受創，產生一個裂縫，即使運轉氣海，產生的魔力遠不足逸失的部分，漸漸就會失去力氣，陷入假死的休眠狀態，讓氣海停止運轉，魔力自然緩緩上升，直到魔力充滿才會醒來。但醒來又會自然的運轉氣海，於是陷入惡性循環。

這種嚴重的傷勢，往往必須閉關好幾千年甚至上萬年才能一點一滴自然痊癒。但休眠中的魔族完全沒有自保能力，隨便有個幾斤力氣的人類都能打死。

花了很久的時間，瀲灩才算是搞明白了病理，又花了更長的時間，才知道怎麼醫治。

上邪很幸運，因為他跟燄熾都同屬火性的白魔，更幸運的是，瀲灩最懂的就是這種內傷。

即使材料短缺，她又缺乏法力。但身為一代宗師，修為即使不存，見解依舊非凡。她跟鄭劾要了火雲石和雷奔石，指點上邪作成一樣魔器，收攝在氣海之外，像是條精緻的項鍊捆住氣海，在氣海運轉時逸漏的魔力，由魔器吸收轉為彌補氣海的材料。

雖然魔力逸漏還是很嚴重，但已經減緩許多，上邪運轉出來的魔力已經勉強能夠趕上消耗，幾十年發作一次的休眠期，可能延展成幾百年或上千年。魔器一直持續療傷，若是能夠不動魔力，可能兩三百年就可以完全痊癒。

瀲灩對這樣的結果很不滿意。火雲石和雷奔石在他們那兒算是很一般的煉劍材料，她用的是精練過的玄煬玉，真正的極品靈石。鄭劾對煉器實在馬虎，都靠高深的修為強煉，對材料也不怎麼用心，所以他的存貨實在很不入瀲灩的眼。

若她修為還在，能開封陣，上邪的傷不出十年就能癒可，哪需要這樣拖拖拉拉幾百年。

但對上邪來說，這已經是意外之喜了。他知道自己氣海破裂，不能夠輕動魔力和發怒。但不用魔力和忍怒，還不如叫他去死算了。這個隱患擺著像定時炸彈，他不可能閉關隱居，只能看著氣海的裂縫越來越大。哪知道這個玉郎扔過來的麻煩，居然開了如此良方。

「丫頭，難怪玉郎說妳不是簡單人物。」上邪不禁大讚，「果然是無數異界來的，遠來的和尚會念經！承了妳這恩情，我也不說謝，但你們的事情就是我的事情，誰敢動動你們，先得問過我的拳頭！」

「誰是丫頭啦？」鄭劾悶悶的在一旁吃甜點，嘀咕著，「才活了三千七百歲……」

瀲灩毫無例外的猛踩他的腳，他苦著臉，低頭繼續吃他的甜點。

原本瀲灩只是無心，她連陌生的白魔都肯救助，何況是狐王托付的監護人？就跟她出手救半妖一樣，就是出於一點不忍。

她雖然無心修道，但很敬重莫言的教誨。修道中人戒殺生、敬萬物。對別的修道者來說，可能是因為這樣最容易修煉蛻變，但瀲灩卻多了一分不忍和溫柔。

但無心之舉，卻往往得到最深的敬重。她的弟子們如此，半妖如此，連上邪也如此。

他們初抵都城不久，以幻影咖啡廳為首的大小眾生都知道了她，也讓他們在都城獲得了必要的庇護。上邪更把他們安排在幻影咖啡廳的樓上，自從災變後，他和翡翠就以此為家。

「翡翠呢，是我老婆。」他帶著瀲灩和鄭劾到主臥室，指著一塊水晶，裡頭模模糊糊有個人影，蜷著身子，像是胎兒般的沉睡。「上回明峰那小子給了我一點兒定魂香，翡翠雖然笨，終於可以修煉凝形啦！她在這兒孵上一陣子，若運氣好，說不定能夠凝出形體，雖然不能完全像人那樣有五感，但最少地心引力對她有作用了。」

「……這要修煉很久呢！」瀲灩遲疑了一下說。這個地方靈氣太稀薄了，雖然有定魂香和上好水晶幫助，也要花數十或數百年的時間才能有小成。

「那也沒什麼。」上邪不在乎，「她還在我身邊，那就夠了。這麼點時間，我耗得起。」

瀲灩看看他，又看看在水晶中的幽魂，她有很深的感觸。狐王如此，上邪君也如此。這界的眾生，有著這樣深刻的溫柔。

對鄭劾來說，更是極大的衝擊。他原本以為狐王已經是海外孤品，空前絕後的。沒想到這個應該是強大聖魔的上邪君，又是一個情蠱者。

他不覺有些茫然，這樣漫長將近萬年的壽命，他似乎錯過了非常重要的事情。活得如此空白。

＊＊＊

他們在都城安頓下來，瀲灩依舊勤苦用功。她記心好，又很喜歡學習新事物。她一直認為，萬法同源，就算是這個時候不懂，記起來往往在別的知識中就有類似的領悟衝擊，原本不懂的就會懂了。

以前在半妖那兒使用電腦，就有知識零碎的苦惱。搜尋引擎和網路雖然方便，但缺乏系統性。她想要系統性的學習，發現還是紙本書最好。

這對幻影咖啡廳的眾生來說，這樣的要求真是小菜一碟，簡單得很。要不是顧慮到會塞暴咖啡廳，把整座中央圖書館搬來都成。既然瀲灩只是要求借閱，自然有人去搞定，甚至還有從紅十字會的大圖書館偷搬來整套的裡世界史供她參讀。

她像是一隻蠹蟲，辛苦的啃著書，專心一致的。她想要認識這個異界，就必須從一個點開始。列姑射島的裡外歷史無疑是個好的起點，她就這樣一頭栽進知識的海洋。

反正離她能夠修煉的時間還有幾年，她只需要每天花點時間複習武藝和練練內功，剩下的時間，正好設法解開她的疑惑。

她忙的很充實，就沒那麼留心鄭劾。好不容易安定下來，鄭劾不像她這麼愛啃書，只一意修煉，她也就隨他去了。

直到鄭劾差點走火，她才感到事態嚴重。若不是上邪魔力深厚，硬把他護回來，恐怕成了廢人。雖然搶救得宜，但鄭劾還是因此生了場大病，讓瀲灩擔心不已。

「……你做什麼這麼急呢？」看著躺在床上，面白氣微的鄭劾，她深深難受起來。「你又不是第一天修道，需要這麼急躁？還急到要走火？」

他不吭聲，只是閉著眼。瀲灩也耐著性子坐在他身邊，等他開口。

好半天，他才聲如蚊鳴的說。「……我不是躁進走火……」

「那是怎麼了？」瀲灩握著他冰冷的手，「你不說，就是心底一個結。這個結不解開，對你修煉會有很大的妨礙。」

「……修煉，做什麼用？」他心底千頭萬緒，說不出那種幽微痛楚的心情，好一會兒才擠出一句，「我、我白活了近萬年……」他哭了出來，又大咳了好幾聲。

換做一個人絕對聽不懂他說什麼，瀲灩略一思索，就明白了。這可憐的孩子一輩子沒當過凡人，不曾有過七情六欲。現在倒過頭來當凡人，開始知道他白活了那麼久的時間，痛悔他的所有損失。

譬如狐王，譬如上邪。「情」將他衝擊的太大，回觀過往，只有一片空白。

「傻孩子。」瀲灩嘆了一聲，「你只瞧見情的好處，沒見過情為惡起來是多麼污穢。但也難怪你，你連凡人都沒做過，自然覺得樣樣都是好的。」

鄭劾停了哭泣，愕然的看著瀲灩。「……妳大哥，待妳壞嗎？」

瀲灩不禁苦笑，「鄭劾，大哥待我好。但我在人世打滾那麼多年，前半生是個花魁。你說我知不知道惡情有多污穢？」

他沒了言語。坦白說，他早就知道瀲灩出身青樓。可憐這個連凡人都沒當過一時半刻的修道者，還只在書本裡看過青樓是什麼。

這樣一個生來就是要培養成掌門人的修道者，又怎麼會讓他看到什麼風花雪月？「……花魁，又怎麼啦？不就是陪人喝酒嗎？哪會有什麼惡情？」

瀲灩瞪著他，覺得他們一定有很深的誤會。「你不知道花魁是幹什麼的，又何必口口聲聲說我是妖女？」

「妳養了一大票出去報仇的血腥弟子，當然是妖女啦！」他不懂這有什麼好問的，「冤冤相報何時了，這妳不懂？還特別去收苦大仇深的女子，邪門成這樣，怎麼不是妖女？」

瀲灩微張著嘴，定了定神。想想他生活得那麼正氣凜然，戒守完全，不懂也是應該的。但他這樣，又讓她非常哀傷。

想了想，瀲灩用最簡單、輕描淡寫的說法告訴了他，鄭劾眼睛張得越來越大，越無血色。

「……這是妳喜歡的生活？」

瀲灩苦笑，「你喜歡天天跟不同女人睡覺？不管那女人想幹嘛你都不能拒絕？若不是被賣入青樓，誰會喜歡？」

他說不出話來，「……難、難道，其他人是因為這樣才說妳是妖女？是……」

他說不出來，更難聽的說法還有，但他怎麼對著瀲灩說？

「那當然。」瀲灩漠然，「修道者通常有好家世，像我這種青樓娼妓絕無僅有，沒得敗了修道者的面子，自然是妖女。」

鄭劾一把抓住她的手，「又、又不是妳願意的，妳……他們……唔……」太過激動導致內息混亂，他差點又吐血。

「鄭劾，別激動。」瀲灩反握他的手，「怎麼了？又不是人人如此。大哥疼我，你也當我個人看，那些蠢貨理他們做什麼？我從不難過，你也別難過，好不好？」

她寬慰鄭劾好一會兒，鄭劾還是吐了幾口淤血，才覺得內息順暢些。緊緊抓著瀲灩的手，他又傷心又懊惱，覺得過去的自己非常無知，又驕傲自大。空自修煉了幾千年，其實什麼也沒修到，錯失了許多，也錯待許多。

看他這麼傷心，瀲灩的心也軟了下來，長嘆一聲。「至情成蠱，惡情污穢。我也不是生下來就這麼乖滑，吃了不少虧，上了不少當才磨練出來的。小時候越蠢，摔的跤越多，長大就越聰明。這些你要自己領悟，看別人是看不來的。」

「……我、我……」他哽咽了一下，「我什麼都沒有了……」

瀲灩知道他的意思，卻不願他一直執著於錯失的一切。她師尊當久了，循循善誘，巧妙的轉了個方向。「鄭劾，你沒真正的當過凡人，其實對你來說是很不利的。所有的神靈都是由修道者蛻變來的，但修道者的根本卻是個凡人。

「沒有七情六欲，就談不上斷絕七情六欲，不入世，又怎敢侈談出世？你強守一千八百戒，讓自己趨近聖人，這只是求個修道的捷徑。只是，修道絕對沒有捷徑可言。我不願批評你的父母，但你的確是被催成的速成修道者。即使修到即將度劫，容我直言，這劫你絕對過不去。外劫易過，心魔難捱，你近萬年的修為還是鬧得一場空。」

鄭劾默然不語。其實他模模糊糊的明白，自己度劫絕對度不成。他缺少某種關鍵性的東西，不能夠度過去。為這點他暗暗焦躁過，所以才傳位給師弟，悄悄閉關，希望能夠參悟是缺少什麼。

沒想到長久的閉關沒讓他參透，落難到這個異界，他才隱隱有了點苗頭。

「或許你會覺得一切都成空，白活了這麼久，辛苦修煉的一切付諸流水。但反過頭來說，我因為化去所有修為，反而讓舊傷不藥而癒，重頭開始就是了，還是個沒病根的身體。」瀲灩直直的望著他的眼睛，「鄭劾，你化去所有修為，卻得到重新當凡人的機會。這異界有句成語說得好，『塞翁失馬，焉知非福』。」

這簡簡單單的八字成語，卻像是一記響亮的鐘鳴，驚破了鄭劾困頓的迷霧。

「……昨日種種，譬如昨日死。」他喃喃著。

「今日種種，譬如今日生。」瀲灩鼓勵似的回他一句。

破解了憂傷悲痛的懊悔，鄭劾豁然開朗。他下床對瀲灩深深一揖，瀲灩回他一禮。他盤膝坐下，安然入定。

瀲灩鬆了一口氣，知道鄭劾過了一個困難的關卡。或許趨近於聖人是修道最快的道路，但她從來不以為然。

莫言曾經對她說過，「所謂道，順心而為，逆身而行。」

順著自己的良心，即使是逆天修煉自己的肉體。她覺得，這是大哥對她說過最有意義的話。

凝思想了一會兒，她低頭繼續翻書頁，發出沙沙的聲音，和窗外的樹風，共鳴著。

鄭劾這次入定，足足坐滿一個月，對外界無所知也無所聞。

瀲灩幾乎都陪在他身邊看書，只有吃飯時間才出去，每隔幾天還要撢撢他身上的灰塵。

上邪有點擔心，但瀲灩卻打包票沒問題。鄭劾的境界早就超過太多，現在只是回憶複習，慢慢的將修為練回來而已。而且他是因為頓悟而入定，瀲灩自己也知道那種美好明澈的感受，所以她並不煩惱。

真正令她煩惱的是，鄭劾這傢伙個性太認真，往往都衝過頭。頓悟也悟得非常徹底，而且已經快破極限了。

等他出關，修為長了一大截。程度大約可以跟完好無傷的宋臣風玩玩，宋老頭想禁制他，大約沒門兒。仗著靈玉符和眼前的程度，要打到宋臣風滿地找牙沒有問題。

但他的師父清泠子，大約還是扛都扛不到幾下。看到影子能跑多遠跑多遠，遠遠的用紅十字會符槍偷襲可能還有點希望，但若不中就是死定。

這些瀲灩都不煩，真正的煩的是，鄭劾決定用真性情過凡人的日子，真的把他那些師尊的倨傲都扔得一乾二淨，要不是瀲灩極力勸阻，他還打算到上邪那兒打工賺錢。

他那樣「用力」的當個凡人，真的讓瀲灩難受極了。現在他吵得不得了，因為又復古流行仙俠小說，眾生們都當笑話全集看，為了當個真正的凡人青少年，鄭劾也抱了幾本，邊看邊哈哈大笑，三不五時就躺著踹瀲灩的椅子，「瀲灩瀲灩，妳看我現在是開光期還是旋照期？……噗，哇哈哈，哇哈哈哈～」一面笑，還滿地打滾。

瀲灩忍耐他的吵鬧，「……小說家言，你跟他們認真什麼？」

鄭劾根本沒聽見去，「哇哈哈哈～還有元嬰欸！我修煉快萬年了，還不知道我有元嬰！瀲灩，妳的戰甲心甲在哪？叫出來給我看看～哇哈哈哈哈～」

忍無可忍的瀲灩，將仙俠小說的始祖封神演義扔到他頭上，完全沒有考慮那是精裝書。但是鄭劾揉完了腦袋上的腫包，更看到氣都喘不過來，只能直挺著躺在地板上狂笑。

瀲灩的頭整個痛起來了。這個鄭大監院，立志要作啥，真的會做到十足十甚至破表。他完全深得凡人青少年的真髓，尤其是白目，真是到達爐火純青的地步。

她不禁哀叫，「我不阻你了，你要去咖啡廳打工就由得你去，只要你能安靜片刻就行！快去吧，賞我半天清靜行不行？」

一腳就將他踢出大門，瀲灩趴在桌子上，好半天不能動彈。

鄭劾還真的頗認真的打起工來。咖啡廳的人手長期不足，上邪的大嗓門罵跑了不少服務生，只有一個愛漂亮到渾然不覺成妖的人類女孩留在店裡。

上邪對她毫無辦法，人類成妖就夠悲慘了，很可惜她除了極愛漂亮，什麼妖術都不會，甚至不知道自己成妖。當初狐影留下幻影咖啡廳給他，順便把這個弱智妖女（這倒不是罵人的話）留下，上邪只能無語問蒼天。

她連自己的名字都忘了，大家都喚她桃夭，她也回得很順。整天笑咪咪的，就是少根筋，上邪常常被她氣得暴跳，卻也不敢趕走她。

這樣一個弱智又沒用的妖女，大約出了幻影咖啡廳就要等死了。真的讓她掛了，對狐影很難交代。

鄭劾說要來打工，上邪真是求之不得。雖然有些不熟練，卻很快就上手了。最少他心算快如閃電，不像桃夭連一百一加一百一都得板著手指算上十分鐘。

觀察了兩天，鄭劾終於明白上邪為何會煮出那樣恐怖的咖啡了。

他性子急，不耐慢吞吞的磨咖啡豆，都是抓起咖啡豆直接用魔力擊個粉碎。等他填上咖啡粉，又等不得慢騰騰的煮，直接用雷火加溫。好在他這整套煮咖啡的器具都是上任店主狐影打造的，熬得住他的折騰。但他煮出來的咖啡一杯抵十杯的濃縮咖啡，還把咖啡所有藥性蒸騰提煉出來，尋常妖怪喝了就鬧胃痛，難怪他喝了不但吐，還小病一場。

上邪很愛叫他嘗味道，為了自己的性命安危，他趕緊接下煮咖啡的重責大任。上邪也樂得不用再去顧咖啡爐，回廚房去當他的皇家主廚。

雖然上邪的咖啡令妖怪胃穿孔，但他的手法給鄭劾許多啟示。他法力雖弱，但要依樣畫葫蘆其實沒問題，就瞎折騰起來。

一時之間，小鄭的咖啡在熟客間轟動起來，把咖啡廳擠得滿滿的。客人們捧著杯子熱淚盈眶，沒想到可以在幻影咖啡廳喝到真正美味的咖啡。

瀲灩偶爾下來，好奇的看著鄭劾名聞遐邇的咖啡，一看之下，差點昏倒。這傢伙把咖啡當作丹藥來煉，精煉咖啡粉，燒去雜質，提出咖啡中最純粹的藥性和芳香。只是沒有凝丹，倒出來是一杯咖啡沒錯，香味和口感的確更棒，但本質上是修道者的丹水而非飲料了。

這種丹水咖啡，妖族喝喝無妨，人類喝了，大約會三天三夜睡不著，附帶強烈利尿和胃痛效果。

「……你在幹嘛？」瀲灩一整個囧掉。

「融合生活技能於丹學中。」鄭劾大為驚嘆，「我從來不知道可以這樣應用，果然是聖魔上邪君！下回我想挑戰果汁，說不定可以做出令人大吃一驚的靈果汁呢……」

能不能做出靈果汁瀲灩是不知道，但看他的咖啡，那個什麼靈果汁的她絕對沒有命可以消受。

「你怎麼好的不學……算了。」她放棄的頹下肩膀，「你高興就好，別鬧出人命或妖命就行了……」

抱著書本，她匆匆逃回樓上。

＊＊＊

渾沌派看守都城足足五年，鄭劾和瀲灩沒踏出都城一步過。

清泠子氣得暴跳如雷，打死他也不相信，兩個人類小孩這麼耐得住，能夠困居在一個城市連大橋都沒跨過。

只是他千想萬想也沒想到，這對偽少年少女，早在幾千年前就不再限於形式上的旅行。對他們來說，每個日出就是新的旅程開始，再怎麼熟悉的風景也有著細微的不同。

他們都習於師門生活，漂不漂泊其實都無所謂。瀲灩在家看書還不過癮，甚至去大學旁聽了幾門課程，聽得很雜，包括了歷史、哲學和物理學。一頭栽在知識的大海，她連頭都沒有空抬，怎麼有時間走到外縣市去。

鄭劾在咖啡廳打工得如魚得水，非常享受晚來（也晚得太多了……）的凡人少年生活。他非常熱心的開發各式各樣的新飲品，雖然偶爾會引起某些妖怪熟客的中毒或腹瀉（真的，蔓陀蘿不要隨便下，那真的有毒……），大抵上還是幻影咖啡廳新的金字招牌，讓熟客們感激涕零，不再有胃穿孔之虞。

正因為清泠子對他們太缺乏了解，所以才會時時疑他們偷溜出都城，一再逼迫弟子入城搜人。要不就是被都城的意志趕出去，要不就是被紅十字會盯梢。有那稍微有兩三下的高明弟子，才摸到幻影咖啡廳就被上邪一頓暴打轟出去。

只能知道他們沒有離開都城，清泠子只能毫無辦法的繼續派人緊盯。

這段安逸的歲月中，除了渾沌派稀少的騷擾，和梵諦岡教士不時上門傳福音（有本事摸進來，卻才開口就被上邪扔出大門），對鄭劾和瀲灩來說，都是個良好的緩衝期。

瀲灩一面狂啃書，一面鍛鍊身體，將身心調整到最佳狀態。她大約已經弄明白了這個異界和他們世界的關連性，只差證明了。既然知道自己身在何處，僅存的一點焦慮也沉澱下來。這世界雖然靈氣稀少，但也因為如此，他們修煉的基礎會特別紮實。瀲灩自診，說不定月事會比預期來得早，也能更快的展開修煉，保有一些自衛能力。

她安穩的胸有成竹也間接影響到鄭劾。別說他研究那些怪飲料沒用，當初狐影留下一堆筆記，他依樣畫葫蘆，還真讓他搗鼓出一些有用的丹藥。他不禁佩服這個堪稱天才的狐仙，這樣巧妙的應用毒藥和良藥，激發精練出最厲害的藥性。

他和瀲灩靠這些偶爾會引發嘔吐暈眩或全身發黑的「仙丹」，真的把身體狀態調整得極好，打下了很好的基礎。

瀲灩雖然常被他的實驗搞得欲哭無淚，卻也默默的跟著吞下那堆怪異「仙丹」，頗富「有難同當」的義氣。

「瀲灩，妳若是男的，我就跟妳磕頭拜把子！」鄭劾非常感動。

「……武俠小說少看一點，我也不想跟你拜啥把子。」吐得軟綿綿的瀲灩，兩腿發抖的扶著牆，一步步的爬上二樓，回頭看看精神健旺的鄭劾，她不太放心的囑咐，「我說啊，鄭劾。屋頂才補過，別又打穿了……你也控制點。當心上邪君又揍你一頓。」

鄭劾一僵，乾笑兩聲，將頭轉開。

瀲灩還想開口，開門進來的野雀疑惑的說，「小鄭，你家風火輪在外面亂跑。」

「讓他去。」鄭劾不以為意的搖搖手，「他需要一點新鮮空氣。」

「養」了幾年，那台破腳踏車靈氣越來越濃，差物靈只有一步，個性也越來越野，若沒下雨，就愛在外面橫衝直撞的亂跑，一面按著喇叭。他的喇叭也好笑，就是一個渾似氣球接著的喇叭筒，大老遠的都可以聽到「叭哺叭哺」，有的客人會笑說，「賣冰淇淋的腳踏車又來了。」

只是別當面喊他「腳踏車」，不然他會用手把撞人，喇叭氣勢奪人的狂響。

「但他看起來有點撇輪欸！」野雀抱怨，「沒事還頂了我一下。」

「喔唷，該不會是輪胎沒氣吧？」鄭劾緊張起來，「還是扎了釘子？風火輪你這小壞蛋！不舒服怎麼不講？」他衝了出去。

野雀搖搖頭，坐在吧台前面。桃夭看看跑出去的鄭劾，和在廚房忙著的上邪。

「……野雀先生，我請老闆煮咖啡好嗎？」

他立刻變色，「不！千萬不要！」野雀咽了咽口水，「我等小鄭回來再點……先給我杯開水就好。」

瀲灩同情的看了看野雀，非常明白他的驚恐。所謂兩害取其輕……鄭劾的飲料起碼不會殺人。她慢慢的爬上樓梯，很慶幸幻影二樓不和本體在一起。

幻影咖啡廳的結構很奇怪，咖啡廳離幾步遠蓋起來一棟鐘塔似的樓房當住家，爬上樓梯有個天橋將樓房二樓和咖啡廳頂樓相連接，二樓是住家，樓下是庫房。據說這是狐仙狐影花了三十年貸款才得到的寶貴教訓。

本來她不懂，為什麼住家需要如此堅固的防禦法陣……等鄭劾炸掉咖啡廳屋頂以後，她才算是明白了。

鄭劾平常煮煮咖啡、研究果汁，熟客喜歡他的手藝，往往會教他一些雜七雜八無害的小妖術。

但鄭劾生平最愛的就是拚法術鬥法寶，這是他乏味的人生唯一可以擁有的喜好。雖然法力尚弱，但見解和手段猶在。他對任何法術都有興趣，而這些應該無害的小妖術到了他的手上，往往改造得更厲害、更富殺傷力。

這種災害隨著他法力的恢復而漸漸提高，終於在初抵都城一年後，頭回炸穿了咖啡廳的屋頂。

個個成了泥人兒的熟客吐出嘴裡的塵土，無言的抬頭看著天花板破洞的碧藍天空。咖啡廳沙土飛揚，上邪苦心做的點心都沾滿砂礫。

額暴青筋的上邪，靜默幾秒後，衝出廚房將鄭劾狠狠電了一頓。

客人們默默的掃地，抹桌椅，找出太陽傘撐著，大家還自動自發的發毛巾擦臉。看著打得雷光電閃的上邪，鄭劾還不時發出慘叫。熟客們滿足的嘆息一聲。

「這樣說雖然不太對，但我有『回家了』的感覺。」菟絲輕輕的說。

眾妖怪客人默默的一起點頭。而且，這種爆炸事件之後層出不窮，更讓他們覺得，自己是在都城的幻影咖啡廳。

總還有一些什麼，是不會變的。

＊＊＊

抵達都城五年後的某天早晨。

瀲灩和鄭劾終於將屋頂的大洞補好了。上邪是個念舊的人（呃……聖魔），他堅持屋頂必須用古老的建材修補，在歿世之後，幾乎沒人在賣防水布和普通水泥了，若不是還有開著營造廠的熟客特別為他們製作，真不知道怎麼辦才好。

所謂熟能生巧，他們補屋頂的技巧越來越高超，這都要拜瀲灩在圖書館翻到一本差點散頁的古老手冊所賜。

這是個美好的初夏清晨，勞動過後，一起坐在屋頂上喝著冰牛奶當早餐，望著籠在微黃霧靄的都城，朝陽剛剛露出金光，徐徐南風而過，天空清亮，帶著都城微微污染的淺紫。

這是個污穢、吵鬧，人口太多的都市。但混濁的空氣和幽微的藍空，卻是這都市的呼吸和面容。

住了五年，不知道為什麼，他們越來越喜歡這個都市。明明這樣囂鬧、骯髒、污濁。

或許是魔性天女殘存的氣息，或許是在都城居住的人群。

「妳今天不用上課啊？」鄭劾有些不好意思，「其實我自己補就好了。」

「你在這兒做苦工，我睡得著？」瀲灩淡淡的，「你好歹也克制一下。」

「……我看阿鼠施展起來那麼弱，怎麼知道隨便改改就能穿屋頂？」鄭劾咧嘴笑著，「他這招穿屋術，真的有意思。」

「我看你跟上邪君『交手』，也有意思的緊。」瀲灩打趣著。

鄭劾臉上一陣青一陣白。他承認，上邪厲害得不得了。就算他全盛期，要打贏上邪也得花許多力氣，何況這聖魔還帶著傷，並且處處留情。被上邪揍，他不敢抱怨，而且上邪揍歸揍，事實上也在指點他。

跟他交手是很有趣，受益匪淺……但是鼻青臉腫總是難看，還會被瀲灩笑。

「再給我一千年，我揍得上邪爬不起來！」他惡狠狠的說。

「有種就當面這樣跟上邪君說。」瀲灩回他一句。

「……妳是不是故意找架吵？」鄭劾的臉都黑了。

兩個人零零星星的鬥起嘴來，生氣的成份少，互相逗趣的成份比較多。

在一起這樣五、六年，他們成了一種奇異的無血緣親人。畢竟在這異界，關係最近的是他們倆。現在他們知道在異界人眼中，他們是外星人，據說某國的51區還有解剖過的外星人屍體。

雖然說他們和異界人長得一模一樣，連內臟都別無二致，但若被人類知道，還是相當不妥的。反而眾生接受度極大，夠寬容。

此界人類非常排外，這種微妙的危機感讓他們更親近。

這些年，瀲灩比較常在外行走，她在此界，容貌過度出眾，又聰穎異常，常讓老師或同學驚豔又驚駭，得拖鄭劾當擋箭牌，在外人面前也都叫他哥哥，叫久了，鄭劾也坦然接受，甚至開始有保護欲了。

他們也有一些人類的朋友，但總覺得隔了一層，不如眾生給他們的感覺融洽。或許是因為最初遇到的人類不是喊打喊殺，就是想抓他們去採補，沒辦法放開胸懷的緣故。

「今天沒我想聽的課。」瀲艷按著鄭劾的肩膀站起來，「但我想去紅十字會大圖書館借書，你要去嗎？」

熟客中有人在紅十字會的眾生小隊，用眷屬的名義幫他們倆辦了圖書證。瀲灩沒事就往那兒奔。

鄭劾想了一下。他不像瀲灩那麼愛啃書，不過最近迷上武俠小說。同樣是胡說八道，武俠小說文筆可好多了，看起來極過癮。大圖書館不知道為什麼，收藏了非常完整的武俠小說，從唐人筆記到近代武俠都有。

「我也去還書好了，順便借『俠客行』回來。」鄭劾拍拍身上的灰，「咱們先梳洗一下，一起去。妳一個人上街我可不太放心。」

「誰能為難我？」瀲灩笑起來。她現在看起來還是十三四歲的模樣，修為化去，她明白自己的少女形態會維持很久，成長極緩。但她雖然法力皆無，卻已經撿回舊時武藝，尋常修煉者都未必能夠動得了她。

「妳不願傷人，就會被難住。」鄭劾頂了她一句，「我現在才知道那麼多男人是不安好心眼兒的。」

他們說說笑笑的輪流沐浴更衣。今天咖啡廳公休，他們很閒。跟上邪打了聲招呼，就出門了。

紅十字會也是來慣的，他們熟門熟路的找到了大圖書館，分頭去尋自己的書。或許是非假日的關係，大圖書館冷冷清清的，只有圖書館員在看書，幾乎沒有人。

正因為對紅十字會太有信心，也太熟稔了。所以他們沒有注意到異狀。等鄭劾發現的時候，已經來不及了。

空氣異常的冰冷緊縮，這是某種法陣發動的徵兆。他奔向瀲灩，只來得及將她護在身後，拿出靈玉符……卻發現自己的法力異常遲滯，幾乎發揮不出來。

「……陷阱。」瀲灩的臉孔發白，試著連絡上邪，卻發現整個大圖書館都被禁制了，飛出去的銀白火鳥蓬的一聲散個無影無蹤。

她搭上袖箭，鄭劾拔出腰刀。兩個人背靠背，看著從虛空中踏出來的黑衣劍士們。他們清一色的穿著黑色軍服，頸上掛著纏著黑色薔薇的銀製十字架，手擒巨劍。

瀲灩有些困惑的看著這些黑衣劍士。她在紅十字會逛久了，偶爾會看到他們。這些黑衣劍士據說是「靠行」紅十字會，事實上是梵諦岡直屬的黑薔薇騎士團。

雖然歿世之後，舊宗教式微，但所謂「百足之蟲，死而不僵」，梵諦岡的教廷雖毀，但依舊有著龐大堅實的組織。黑薔薇騎士團就是梵諦岡派出來幫助紅十字會的。

她不明白，為什麼正氣凜然，以神的名義維護秩序的黑薔薇騎士團要對付他們。

「諸君，是否有些誤會？」瀲灩聲音放緩，「我們可做了什麼？」

帶頭的是個金髮藍眼的高大男子，連鄭劾都知道他的威名。這幾年他被派來列姑射島，嚴厲的掃蕩過整個中央山脈的殭屍，戰功彪炳，全列姑射島都知道了黑薔薇騎士團的團長以撒。

他面無表情、居高臨下的看著他們，突然跪下一膝，按著劍低頭，「尊貴的彌賽亞們，我們不敢傷害您，但你們是淨化世界的最後希望，不該在這濁世和污穢的妖魔混居。請跟我們走吧！」

鄭劾看著瀲灩，搔搔頭，「……他們說得是華語對吧？但為什麼我完全聽不懂？」

「我也……」瀲灩靈光乍現，想起上邪初見面時對站長說的話。「挾天子以令諸侯？」

鄭劾並不笨，很快就懂她的意思，臉孔整個慘白。「……老子不是什麼天子，更不是啥鬼彌賽亞。」

他可不想當任何蠢宗教的救世主傀儡，開玩笑！火速的吹出一聲響亮的口哨，在外遊蕩的風火輪狂響著喇叭，衝破了大圖書館的玻璃窗，十萬火急的跑了過來。

覷著這個缺口，瀲灩火速發出送信火鳥。雖然被以撒打中，還是歪歪斜斜的飛出窗外，流星似的傳到上邪的手上。

以撒臉色微變，顧不得冒不冒犯，上前要擒拿這兩個純血少年少女。

他們已經耐心等待五年，但梵諦岡派出來的修士卻無法說服這對孩子。在邪教紛行的歿世，唯有得到純血彌賽亞，才能重振教廷的神威。既然禁咒師拒絕成為救世主，這兩個純血孩子經過教育，還是可以的。

絕對不能讓這對彌賽亞繼續被邪魔污染！

就是這股強烈的使命感，讓他們違抗梵諦岡懷柔的命令，逕自前來「迎接」這對彌賽亞，甚至不惜在紅十字會動用六芒星煉金陣。

原本想神不知鬼不覺將他們接走，卻沒想到被那邪門腳踏車撞破一角，陣法異樣的波動引起紅十字會的注意，更驚動了梵諦岡的修士們。甚至還讓彌賽亞送出了傳信火鳥，實在太糟糕了。

第一批趕來的是梵諦岡的遊說修士。他們雖然也想得到彌賽亞，但梵諦岡不願意和紅十字會撕破臉，也不想招惹上邪。看到黑薔薇騎士團團困住兩個彌賽亞，修士發怒的喊，「以撒，你想造反?!」

「姑息邪魔污染彌賽亞，才是造神的反。」以撒冷冷的說，眼中湧出殺意，「兄弟們，為了神的威名而行！」

這群黑衣劍士發出整齊而充滿煞氣的呼喊，非常有組織的分頭進行。一支小隊擋住修士和紅十字會的人，一批死士殿後，以撒一把抓住瀲灩的手臂，瀲灩對他發了三只袖箭，他讓也不讓，胸口和手臂的箭微微顫動，不斷的出血。他無視自己的傷害，緊緊抓住瀲灩。

「我會殺了你的。」瀲灩的聲音顫抖。

「死在彌賽亞手下，是我的榮幸。」他悶哼一聲，鄭劾的刀插進他的腰側，以撒卻連刀帶人一把攬住。「我死了，還有我無數的兄弟，願意為尊貴的彌賽亞效命。」

鄭劾和瀲灩，受了根深蒂固的修道概念，向來避免傷害任何生命。這樣悍不畏死的敵人，比喊打喊殺的可怕多了。他們都沒辦法下重手，就這樣被擒了。

「……我們不是什麼彌賽亞。」瀲灩試圖講理。

「你們會是的。」以撒的眼神冷漠，卻燃燒著狂信的火苗。「好好教育，就會成為淨化世界的救世主。」

這種狂信，連鄭劾都為之膽寒。瀲灩心頭發冷，只覺得大難臨頭。

挾著他們倆，黑薔薇騎士團殺出重圍，直奔預先埋伏在樓頂的直升機。

（第一部完）

# 番外篇　所謂道

這其實算是《瀲灩遊》的相關前傳，雖然和鄭劾與瀲灩沒有直接關係，卻是相同世界設定。但我不想說明這篇的前因後果（笑）。

我想讀者已經習慣我在書裡埋下謎團，並且漸漸拼圖解謎。這就當作一篇感悟的速寫，或許有一天，我會將這速寫交代清楚。

或許有那麼一天，也或許沒有。

她舉著燭火，小心翼翼的走下斜坡。

這個洞窟是她無意間發現的，但隔了一百多年，她才有能力走進來。

其實，她無須燭火就可以行走暗途，但她不知道困在這裡的人會不會驚駭……

她並不想嚇到任何人。

她的容貌清秀而樸實，像是山村的尋常女子。但衣物長髮卻異常潔淨，舉手投足有種奇異的韻律感。面容恬靜，神態安閒，身穿著藍布衣裳，只有腰帶略顯不同。

腰帶烏黑，像是某種細絲編纂，似髮辮般垂下來。

仰頭冥思，她察覺細微的波動，知道自己已經很靠近了。等她穿越一條隙縫，豁然來到一個極深的奇異山谷。

在極其邈遠的谷頂，尖銳長岩犬牙交錯，中天明月掩雲，有氣無力的照著谷底的一簇水晶。

等她走近，才發現這簇水晶起碼有一人高。

挪動燭光，一張鮮血淋漓的臉孔。幾乎看不到其他的部位，水晶將這人的身形掩埋，只留下一張臉。血污和青腫讓她分辨不出被困者的性別。直到染著血的眼睛睜開，她才確定是個女子。

試著上前，但她被無形的障壁擋住，怎麼樣都遞不出手絹。

或許再一百年。她思忖著。眼前她是沒有法子的。

滿是血污的臉孔睥睨地看看她，又閉上那雙即使充滿怨恨，依舊黑白分明而懾人的眼睛。

「我叫碧雷。」她按著自己胸口，「請問妳是誰呢？」

被困者只輕哼一聲，沒有回答。

但碧雷沒有生氣，只是耐著性子等她開口。沉默不斷的蔓延，只有水滴滴落的聲音迴響。

她在這山谷待了十天，直到她昂首聆聽。

「我得去了。」碧雷有些歉意，「我會再來。」

被困者只將眼睛睜開一條縫，然後又閉了起來。

花了一年造訪，被困者才願意跟碧雷說話。

她的「語言」非常奇妙，無聲的在腦海中迴響，充滿一種甜美卻暴躁的震顫。

她說，她的名字是「翡綠思」。

當翡綠思提到自己名字時，碧雷看到一種兇猛的生物。展翼可以撲天蓋地，又像是鳥，又像是蛾，正在追逐她從來沒見過的巨大爬蟲。

帶著濃重死亡氣息的美麗。

「對，就是這種東西。」翡綠思露出冷笑，血絲從微彎的唇角蜿蜒流下。「我沒有什麼可以給妳，妳也不用再來了。」

「我也沒要什麼。」碧雷心平氣和的回答，「妳被拋在我的領地，我就不能坐視不管。」

「嗐，」翡綠思出言諷刺，「妳管得了天下事嗎？」

「若妳是大道平衡的一部分，我就不管。」碧雷靜靜的看著她，「但妳既然不屬大道平衡，我就可以隨我心意。」

翡綠思第一次正眼看她，眼中發出鬼火似的光芒，碧雷只覺得一股陰寒冰冷入侵到她的心底。不過，她並沒有抗拒，任由翡綠思用這種詭異的方式「窺看」。

「……你比妳的同類多活了好幾百年。」她彎了彎嘴角，「你們這兒管蛻變叫『成仙』？」

碧雷的平靜湧起一絲訝異。她細想了一會兒，「我不算修仙。」

「哦？」

她寬容的笑，「姥姥說，這是老天爺賞飯吃。」

翡綠思認真的看了她一眼，終於放下冷漠和敵意。「這是啥地方？妳又是幹什麼的？」

「很久很久以前，這裡是越國。」碧雷認真的回答，「姥姥是越國最後一個王巫，我是她的最後一個弟子。」

「說給我聽。」

經過長久的戰亂，越國衰敗而亡國。

戰爭蔓延如此之久，久到男丁幾乎都在戰爭中死亡。國破之後，王巫帶著一群女人躲到深山，免去戰敗國的侮辱。

幾百年過去，這些女人漸漸衰老，一個個的死去。王巫以為她是最後一個遺民，無人可以收埋她的屍骨，卻意外收養了一個被拋棄在深山裡的女嬰。

當她抱起那個不哭不鬧的女嬰時，天空橫過一道碧綠的閃電，然後轟起巨雷，於是王巫將她取名為「碧雷」。

她將畢生所學都教給這個孩子。即時越國滅亡了幾百年，她們依舊是越國的巫女，鎮守山林大澤是她們的使命。

「……後來有道士在我們山裡結廬，」碧雷告訴翡綠思，「我才知道我算是以巫入道的修仙了。」

翡綠思笑了一下。「這個好玩。沒想到那兩個衰敗遺族倒弄出這麼個仿造品，仿得還滿像的。」

她輕蔑的聲音在碧雷腦海裡滾動，「連蛻變的法門原理都仿了去……他們自己都還沒參透，真是好大的膽子。」

「我不懂妳的意思。」碧雷說。

「當然，妳是那兩個笨蛋胡搞瞎搞後的實驗品後代。創了世界就自以為大神啦？差得遠！沒有領航器就哪兒都不能去的失敗者！」翡綠思罵了起來，碧雷幾乎都沒聽懂。

但她靜靜的坐著，只是專心的聽。既沒有困惑，也沒有因為聽不懂而產生的羞愧。

就像當初道士告訴她，她們越巫的服氣是種修行法門，她是個修仙者時也相同。知不知情，都沒有什麼兩樣。

生存於天地間，不管花多少心思，人生而無知。即使是最聰明的人，知道的也只是極小的一部分……相較於無垠的宇宙和時間而言。

她平靜的接受這種無知，承認自己無知。但所有追求知識的人都令她感佩，所以她慷慨的將服氣的法門教給道士，並且婉拒任何禮物和榮耀，靜靜的住在這座大山。

繼續撫慰山靈澤神，祈福禳災。在不妨害平衡的狀態下，照顧每個生靈，無論人類或眾生。

這是她的使命，也是她快樂的源頭。

相處了幾年，翡綠思對她越來越有好感。「喂，碧雷。」她終於友善下來，

「妳若想要『知識』，我可以給妳。妳若想知道這個世界的緣起，我大約也知道。」

「我不需要。」她溫柔的婉拒，「我不需要知道，我生活在其中就可以了。」

她的回答讓翡綠思啞然片刻。「……那兩個白痴倒是意外的製造出令人驚訝的族群。」

＊＊＊

碧雷來的時間不一定，但漸漸的，她發現每到沒有月亮的朔日，翡綠思話特別少。隨著時日推進，她的異樣也越來越明顯。

就在初遇後第三十一年的某個朔日，遠遠的就聽到宛如龍吟的悲聲，引起一陣陣輕微的地震。

眾獸奔逃，群鳥驚飛，隱隱地烏雲密布，悶悶的響起雷鳴。

她將長髮一攏，下意識的拿取手鼓，半雲半霧的飛馳而去。越靠近谷地，翡綠思的聲音就越清晰。她說話並不是真正的聲波，而是感應心靈。

碧雷知道她來頭必定不小，但翡綠思一向非常自制，不然像這種感應想傷害任何生靈、引起天地變異都不是難事。

雖然不追求知識，但和翡綠思相處這麼久，她隱隱約約的知道，翡綠思相當程度的瞧不起創造這世界的人，常常說這是「仿界」，而且創造世界的似乎是一男一女。

但她不求知識和真實，所以也不評斷翡綠思說得是真是假。

對於不能證實的事情，擅自判斷是危險的事情。

「沙耶天！你這混帳東西！」翡綠思大放悲聲，「把老娘當作妓女耍！我就是不讓你上，怎麼樣?!莫羅闃，你只會倚強凌弱，算什麼東西!?」她完全失去控制，像是在瘋狂邊緣，谷地整個動搖震盪，像是要垮下來，方圓十里內的大樹因為她的悲聲一棵棵炸開，草本植物直接枯萎乾裂，化為粉塵。

「你們只會欺負我一個，就只會欺負我！你們蛻變來做什麼？做什麼?!自負是最進化高等的神靈，給自己上無數好聽的封號……骨子裡還不是下流無恥的畜生？我非把你們拆成十七八塊不可……滿天神靈誰為我說句話？」她飛快的喊過一串名字，「你們誰為我說過一句話?!殺光你們，殺光你們！～」

她瘋狂的悲聲已經摧毀了附近的所有生靈，開始摧毀岩石和山壁了。

碧雷浮在半空中，衣衫獵獵作響。雖然難受，但她和翡綠思相處已久，已經習慣了她的「聲音」。她不再走蜿蜒曲折的地穴，而是騰空飛到谷地之上，直接從水缸大的谷口飛入。

一片紅光血霧，碧雷心底湧起一股強烈的難過。翡綠思的耳眼口鼻不斷冒出血，被水晶包裹的身體應該也是。水晶吸了她的血，像是流淌的夕陽水光。

她本能的知道，抵擋這麼久，翡綠思撐不住了，她不知道像翡這樣的人會不會死，但情形似乎很危險。

喊了幾聲，難過更甚。翡綠思似乎失去了神智，什麼都看不見了。

難怪要拿手鼓呢。她默默的想。

虔誠的舉高手鼓執禮，她開始跳祓禊。

她們越巫本來就是安撫澤靈山神的神職，她更是個中翹楚。她拿那種奉獻給天地的祭禮，來安撫狂悖的翡綠思，一點都不覺得有什麼不對。

規律溫柔的鼓聲吸引了翡綠思的注意，她的悲聲低了下來，只剩下一點嗚咽。

碧雷在她眼前舞著，端凝而瀟灑，似乎化成大山巨澤、化成飛靈的鳥，化成奔騰的獸。

化成她渴望卻觸摸不到的自由，風一樣的自由。

原本自我攻伐的內息平靜下來，狂怒過去，悲哀卻漸漸湧上來。她這樣一個蛻變過的原界神靈，居然無能到得靠仿界的巫女安鎮，創建仿界的那兩個人，原本替她提鞋都不配。

看著碧雷雍容的舉手投足，她原本的悲哀漸漸褪去，領悟了一些她原本忽略的事情。

碧雷肅穆的執終禮，萬籟俱靜。

「我失態了。」碧綠思開口，「而且，我一直因為瞧不起你們的創世主，跟著也瞧不起你們。我錯了。不管你們的創世父母是誰，他們一離手，你們就有了個體的尊嚴和權利。」

「無須如此。」碧雷滿臉疲憊，卻心平氣和的坐下，「好些了嗎？」

「沒事了。」翡綠思說，「我倒忘了那兩個小傢伙原是搞社會學的，修煉不怎麼樣，倒是拷貝了個十足十，雖然修整得亂七八糟。放心，我死不了，只是會被整得很痛苦而已。但還是謝謝妳……不然還不知道要吃多少苦頭。」

「再幾十年，我就能靠近妳。」碧雷擦了擦額頭的汗。

「靠近也沒用，」翡綠思淡淡的，「這禁制就算你們創世者來，也破除不了。」

「只要妳還活著，我就會努力下去。」碧雷也淡淡的。

「何必如此？」翡綠思凝視著她。因為拒絕了最高神靈的求愛，她踹了沙耶天一腳，她的衝動引起極殘酷的懲罰，不但容貌被毀，還被拘禁在這個荒蕪的仿界受盡苦楚。

當初她在原界為神靈，妖嬈放蕩，裙下之臣不計其數。但她遭遇如此不公而殘暴的待遇，竟無一人敢出頭。

居然是仿界一個默默無聞的巫女這般盡力照顧，讓她不禁有些茫然。

「大道平衡不可破壞，飛鷹獵兔，螳螂捕蟬，我都管不得。」碧雷苦澀的笑了笑，「人類生老病死，眾生悲歡離合，我也管不了。但妳不屬大道平衡……我就想隨我心意。」

翡綠思怔怔的盯了她好一會兒，輕嘆口氣。

「可惜妳生在這仿界……再怎麼修也是仿界的神靈，不然妳的心性……」

「什麼是正，什麼又是仿呢？」碧雷輕笑，「我不曾想過要修什麼。我就想這麼隨心而安，安守山川大澤。」

翡綠思呆了呆，似有感悟。「說得好。妳這樣心性，才是神靈的根本。可笑那群修道者，只知道戒律無數，拚命壓抑的無欲無求，到底也只是求蛻變容易而已。一經蛻變，壓抑的劣根性全爬上來，比之前壞數百倍不止。

我修煉最慢，因為我就是不肯無欲無求。唉，我就是愛跟男人鬼混……雖然都是一群混帳東西。但為了求蛻變而要我放棄跟男人鬼混，我倒寧可不蛻什麼變。結果蛻變最慢，功力最弱，也被欺負的最慘……」

「我不懂修仙。」碧雷承認，「我只知道該順從我心。」

翡綠思遙望著極邈遠的星空。「我終於明白了。那些混球都弄岔路了。要身逆心順才對。求蛻變就是逆天，肉身是逆天了，但心還是得順天性。我沒錯，我並沒有錯。將來我若有機會，可以比他們強很多。他們頂多就這麼強，我還是可以更強的……」

「更強又有什麼用？成仙又有什麼用？」碧雷問。

這像是驚破翡綠思一直朦朧不解的迷霧，讓她豁然開朗。她唯有一種方法可以逃開這個牢籠，但沙耶天賭她絕對不肯。

畢竟仿界防禦薄弱，千創百孔，她若真走了那條路，恐怕千百倍於被禁制的痛苦。

「一為全，而全為一。」翡綠思喃喃著。

被困這麼久，她突然覺得鬆了一口鬱結許久許久的氣。

「就算是多麼高的山，也是一粒沙一粒沙所匯集的。再怎麼深的海，不過是無數水滴的組合。我之所以成為今日的我，是因為無數過去的霎那所累積。我們看得到的浩瀚，都是極微小的集合。」

她的眼睛閃亮，讓她滿是血污的臉孔顯得煥然。「我就不能從頭開始麼？就算會非常痛苦、艱辛，失去一切。但我擁有自由……我怎麼就忘了這個？就算蛻變我也不肯改其志，我選擇了自由啊……」

碧雷望著她，知道她想做什麼了。「我入世度妳。」

「不用。」翡綠思歡快的笑，「妳屬山川大澤，終有見面的一天。我跟妳借點東西就好。」

她的一點靈智飛了起來，肉身迅速枯萎粉碎。

「我跟妳借一點心意。我知道我自己的性子，就算轉世也不能改。當我狂起來的時候，我需要妳的個性穩住。呵呵，那幫子混帳東西可要大亂了，我出了這步搗蛋的棋……輪迴裡我若掛了，是他們的運氣。我若老不死，換這幫子混球難過日子了……」

碧雷舉手，給了翡綠思一點靈光，也接受了翡綠思一滴鮮血。

「終會見面的……」翡綠思狂蕩的嬌笑，沒入夜空。

正要投胎，卻覺得肩膀一緊。

回頭只見一片黑暗，唯有慘白的手抓著她的肩膀。翡綠思撇了撇嘴，「唷，黑子，也不怕你老婆生氣，追這麼緊。」
慘白的手驟然收緊，帶著一聲冷哼。
「黑子，我不跟有老婆的人拉拉扯扯。」
「妳轉世還記得什麼？」冷笑讓周圍的空氣轉森冷，「引路人也沒那膽子提點妳。」
「所以你可以把我抓在掌心隨便玩弄了？」翡綠思的聲音轉嘲諷，「黑子，這跟把我弄昏然後強暴沒兩樣，原來你有這種興趣。但我沒有呢。」
「……妳這什麼都不怕的女人，這會兒，妳也不怕?!」
「我怕什麼？就昏倒小一會兒，讓你上下其手而已。難道我會少塊肉？反而是你得扛著沙耶天的追殺，還不能讓我早夭，過得太苦。比起來，我還是賺了。」她聲音裡的揶揄更濃重了。
黑暗默不作聲，只是指爪收得更緊。
「你幹麼這樣啊？」翡綠思嘆氣，「我沒給過你好臉色。」
「妳不跟有老婆的人拉拉扯扯。」

翡綠思靜默了一會兒，「為了你現在的心意，我許你在仿界的日子。」她沒回頭，縱身入輪迴。

至於她輪迴後去了哪裡，我不知道。

我只知道，她無所覺的生生世世都深受疾病之苦，卻是一般人的壽算。一生潦倒，卻沒真的三餐不繼。她一生愛美，卻一直都容貌醜陋。煙視媚行，卻被男人一再辜負。

時而為優伶，時而為奴婢，卻一直聰敏機智，就是性情乖張。但往往乖張到了幾乎暴怒時，又會突然穩心。

而且，終身都跟隨著一道不祥的黑影，不離不棄。

但不管是怎樣的轉生，她一直都擁有最珍視的自由。

但最後會怎樣，我不知道。

因為虛空告訴我的故事，只到這裡為止。或許有一天，等我又看見了，我會告訴你。

# 作者的話

原本預計會斷頭的小說，因為老闆說了「刀下留人！」，因此有了新的轉機。

其實我也是給自己找麻煩，本來誓言絕對不要再寫規模龐大的連載，結果一被雷劈到，就全無辦法的淪陷。所謂「作繭自縛」，莫如此甚。

這雖然是關係到歿世設定的仙俠小說，但實在不該看成《禁咒師》的續篇。所以讀者殷殷期待明峰或麒麟出現，實在只能說抱歉。該出現的角色就會出現，但不該出現的我無法加寫，請原諒作者對自己設定世界的執著和任性。

當初我只是想寫兩個倒楣的一代宗師歷險記，沒想到最後成了我自己一些思考的反饋。這部的故事應該推展很慢，但會大量描寫許多細節。這也是我新嘗試的方向。有時想想也好笑，我若夠聰明，應該將一個類型寫到專精，而不是跳來跳去的換新花樣。

但我也拿自己沒辦法，我就是這樣一個純粹的雙子座，喜歡嘗試新事物。對我來說，寫作除了療傷止痛，內在創造的世界就是我生活的地方。困居一種寫法、一種題材，我會厭倦。

所以，我不夠聰明。夠聰明就要一直拖下去，讓受歡迎的主角不斷出現。但我不想要這種聰明。

我最想做的，並不是當個有名的作家，賺進大筆財富。錢，夠用就好。我最想要的還是這樣隨心所欲的寫作，過著隱居而平淡的生活。

當然，這是第一部。請不要跟我計較這樣的結尾草率，這樣我會覺得啼笑皆非。這只是龐大創作的一部分，一本書實在塞不進我所有想寫的東西。再者，斷在一個最懸疑的地方，是作者們都深知的惡趣味。

或許我寫完《歿世錄三》就會繼續寫第二部，請各位拭目以待。並且謝謝大家的相隨。

買書對我來說不是最好或唯一的回報。若問我私心的話，我倒比較想看到感想……雖然我從不回應。

希望能在下一本書裡，能夠再與各位相逢。

蝴蝶一館：http://blog.pixnet.net/seba

蝴蝶二館：http://blog.pixnet.net/elegantbooks

蝴蝶2008/08/11

國家圖書館出版品預行編目資料

瀲灩遊 I / 蝴蝶Seba 著.
-- 初版. -- 新北市 : 雅書堂文化, 2008.09
面； 公分. -(蝴蝶館 ; 20)
ISBN 978-986-6648-29-8 (第1冊 : 平裝)

857.7 97015373

蝴蝶館 20

# 瀲灩遊 I

作　　者／蝴　蝶
發 行 人／詹慶和
總 編 輯／蔡麗玲
執行編輯／蔡毓玲
編　　輯／劉蕙寧・黃璟安・陳姿伶・白宜平・李佳穎
封面設計／斐類設計
執行美編／陳麗娜
美術編輯／周盈汝・翟秀美・韓欣恬

出版者／雅書堂文化事業有限公司
郵政劃撥帳號／18225950
戶名／雅書堂文化事業有限公司
地址／新北市板橋區板新路206號3樓
電子信箱／elegant.books@msa.hinet.net
電話／（02）8952-4078
傳真／（02）8952-4084

2008年9月初版一刷　2016年2月初版十二刷　定價200元

總經銷／朝日文化事業有限公司
進退貨地址／新北市中和區橋安街15巷1號7樓
電話／（02）2249-7714
傳真／（02）2249-8715

Seba・蝴蝶

*Seba*・蝴蝶

Seba·蝴蝶

Seba・蝴蝶

Seba・蝴蝶

Seba・蝴蝶

Seba · 蝴蝶

Seba・蝴蝶